PICCADILLY KIDS

LA MALÉDICTION DE *Miss Kensington*

PICCADILLY KIDS

LA MALÉDICTION DE *Miss Kensington*

Éric Senabre

Illustrations de Joëlle Passeron

abc MELODY

CHUCK
DAVE
VERA

CHAPITRE I

« Et voici ! La huitième merveille du monde ! »

Quand on vous annonce ça, forcément, vous vous attendez à voir quelque chose d'extraordinaire. Un monument immense, une œuvre d'art, peut-être... Mais certainement pas un cube de métal et de plastique gros comme une machine à laver, assez vieux pour avoir fait deux guerres (au moins). Seulement, l'auteur de cette phrase, c'était Thomas Fitzgerald. Oui, *le* Thomas Fitzgerald ; le chanteur des Blackboard Circles, le groupe de pop le plus en vue du moment. Alors, forcément, on voulait en savoir davantage. Oh, vous devez vous demander qui est « on » ? C'est vrai : commençons par le commencement.

Chuck, mon cousin, Vera, notre amie, et moi-même, Dave, nous sommes de simples collégiens. Des élèves de *secondary school*, comme on dit par chez nous à Londres. Et il y a quelques mois, dans des circonstances qui mériteraient un livre entier, on a fait la connaissance de Thomas. Ça a été une journée complètement folle, inoubliable, tellement incroyable qu'il m'a fallu des semaines entières pour en parler autour de moi sans peur de passer pour un menteur. Cette journée aurait pu ne rester qu'un beau souvenir un peu accidentel, mais contrairement à ce que je redoutais, Thomas a gardé le contact avec nous. Bien sûr, en tant que rock star, il est très occupé : des tournées, des émissions de télé, des interviews dans les journaux... Mais depuis l'été dernier, il ne perd jamais une occasion de demander de nos nouvelles ; un petit SMS, un e-mail...

Il y a deux semaines, Thomas a appelé nos parents respectifs. Un coup de fil très officiel ! Il voulait nous voir quelques jours plus tard pour nous « faire une surprise ». En soi, c'était déjà très enthousiasmant. Mais ce qui rendait les choses encore plus excitantes, c'était le lieu de notre rendez-vous : les mythiques studios d'Abbey Road, là où pas mal de groupes de légende ont enregistré leurs albums les plus célèbres. On n'en pouvait plus, et on s'est mis tous les trois à compter les heures avant le jour J.

Un beau matin, donc, on a pris tous les trois le bus jusqu'au studio (si jamais vous cherchez, c'est le 139, attrapé au bout d'Oxford Street). De l'extérieur, ça ne paie pas de mine, les studios Abbey Road. Une grande maison aux murs blancs, un peu en retrait de la rue, séparée du trottoir par un mur couvert de graffitis. Le quartier est très résidentiel, très calme aussi. Pas de néons, aucune boutique... Juste le célèbre passage piéton immortalisé par les Beatles pour le disque qui porte le nom de la rue. Même l'entrée était moins glorieuse qu'on aurait pensé. La grille d'accès n'était pas fermée, on est entrés dans la cour puis dans le bâtiment sans que personne ne nous dise rien. Apparemment on était attendus : on nous a accueillis chaleureusement à la réception (on a même eu des chocolats chauds). Un bon gros chien sans collier nous a copieusement léché ; on a supposé qu'il appartenait à quelqu'un du personnel.

Après quelques minutes d'attente, Thomas est arrivé. On lui a sauté dans les bras, et il avait l'air très heureux de nous revoir. C'était réciproque.

Maintenant, si ça ne vous dérange pas, je vais repasser tout de suite au moment où on s'est retrouvés nez à nez avec sa machine mystérieuse. L'objet se trouvait au milieu d'une grande pièce quasiment vide, à l'exception d'un chien avachi sur une couverture, les oreilles dressées (je ne l'ai d'ailleurs pas remarqué tout de suite). Thomas était debout à côté de son espèce d'essoreuse, souriant de toutes ses dents, une main posée sur le capot de la « chose ». Il attendait manifestement une réaction de notre part. Une réaction positive. Mais le fait est que ne comprenant absolument pas de quoi il retournait, je ne savais pas trop sur quel pied danser.

J'ai regardé du côté de Vera : elle avait l'air aussi perdue que moi. Chuck, lui, m'évoquait en revanche les hommes préhistoriques dans le film *2001 : l'Odyssée de l'espace*, au moment où une énorme pierre noire venue du ciel se dresse devant eux. Ils ne comprennent pas ce que c'est dans le détail, mais ils savent d'instinct que c'est un truc à la fois très utile et très cool (même s'ils ne devaient pas se poser le problème comme ça).

Au bout d'un moment, je me suis résolu à l'idée de passer pour un imbécile. J'ai donc pris une grande inspiration, et me suis apprêté à poser « la » question. Mais à ce moment-là, Chuck a demandé :

- C'est... un Studer J37, c'est ça ? Pas vrai, Thomas ?

Thomas a eu un air très admiratif. Et franchement, je l'étais aussi, même si je ne savais toujours pas exactement de quoi il voulait parler.

Thomas a répliqué :

- Bravo, Chuck ! Décidément, tu es incollable. Oui, c'est bien un Studer J37.

Cette fois, c'est Vera qui est venue à mon secours :

- D'accord, et c'est quoi, un Studer J37 ? Ça a l'air tellement poussiéreux que je pourrais avoir une crise d'asthme rien qu'à le regarder en photo !

Thomas a levé un sourcil, avant d'annoncer :

- Ça, ma belle, c'est la machine sur laquelle sont nés les plus grands disques de l'histoire du rock. C'est ce qu'on appelle un magnétophone quatre pistes.

- Un... magnétophone ? ai-je demandé. Hum, je connais ce mot, bien sûr, mais...

J'avais dit une énormité. Ça se voyait à la tête de Thomas. Mais avec beaucoup de patience, il a expliqué :

- Oui, c'est vrai, on n'emploie plus beaucoup ce mot aujourd'hui. On dirait plutôt que c'est... un enregistreur ? Une machine pour enregistrer des sons. De la musique, en l'occurrence.

- Quoi ? s'est exclamée Vera. Mais pourquoi c'est aussi gros ? Moi aussi, je peux enregistrer des sons. Sur mon téléphone ! Et il tient dans ma poche.

Thomas a ri.

- Oui, Vera, c'est vrai. Mais pour commencer, il faut que tu saches que cette machine n'a pas loin de 50 ans. On a fait beaucoup de progrès en miniaturisation, depuis.

J'ai regardé l'antiquité d'un autre œil ; rien que pour avoir traversé les décennies dans un si bel état, elle méritait notre respect. Mais je ne comprenais toujours pas ce qu'elle faisait là, et pourquoi Thomas était à ce point fier de nous la montrer.

- C'est sur un modèle identique que les Beatles ont enregistré *Sgt. Pepper's Lonely Hearts Club Band*, a-t-il ajouté. Eh oui ! Un simple quatre pistes.

- Quatre pistes, a répété pensivement Vera. Ca veut dire quoi ?

Cette fois, c'est Chuck qui s'en est mêlé. Chuck, on ne peut pas lui apprendre grand-chose sur la musique « d'avant » ; il est très calé sur celle d'aujourd'hui aussi, bien sûr, mais il faut bien reconnaître qu'année après année, sa culture musicale « classique » est devenue encyclopédique.

- Tu vois ces deux espèces de plateau, là, sur le dessus ? a-t-il fait. C'est là qu'on met la bande magnétique. Aujourd'hui, on enregistre sur des cartes mémoires, des disques durs... Avant, c'était sur des bandes. Tu sais, comme dans les cassettes vidéo qu'il y a dans le grenier de mes parents, ce qu'on avait avant les DVD et les Blu-Ray.

- Ah, oui ! ai-je fait en chœur avec Vera.

- Les bandes, c'étaient des espèces de longs rubans qui s'enroulaient dans des bobines. Et certaines étaient plus larges que d'autres. En fait, elles étaient divisées en quatre dans leur largeur. De manière invisible, hein. C'est comme s'il y avait quatre bandes les unes au-dessus des autres. Et chacune de ces divisions, on appelait ça une « piste ».

Chuck a guetté l'approbation de Thomas. Une fois ses paroles validées, il a repris.

- On enregistrait un instrument sur chaque piste. Comme ça, sur les disques, on pouvait régler leur volume indépendamment. Faire en sorte qu'on les entende à droite, à gauche, au milieu… Comme on veut !

J'ai fait un petit calcul mental, avant de demander :

- Excuse-moi, cher cousin, mais je ne comprends pas. Si les Beatles ont enregistré sur un truc comme ça… Il fallait plus de quatre pistes, non ? Deux guitares, une basse, une batterie… et le chant ! Et encore, ça, c'est pour les morceaux les plus simples. Si on rajoute aussi du piano…

- Ah, ça… a fait Chuck un peu embêté. Je n'ai pas les détails, mais…

- On faisait du *ping-pong*, l'a coupé Thomas.

Il a vu nos têtes, et il a donc embrayé direct :

- On enregistrait les pistes indépendamment, et quand on n'avait plus de place, on se débrouillait pour basculer plusieurs pistes sur une seule, en prenant soin de déjà bien régler les niveaux. Et ainsi de suite. Évidemment, chaque bascule faisait perdre un peu en qualité. Et puis, il y avait d'autres astuces, comme d'utiliser plusieurs magnétophones comme celui-ci.

Vera a secoué la tête.

- Ça a l'air sacrément compliqué, tout ça. Ça m'aurait rendu folle. Enfin, je suppose qu'il n'y avait pas le choix, à l'époque ?

- Eh non, a confirmé Thomas. Pas vraiment. Assez vite, il y a eu des machines plus performantes, avec davantage de pistes. Mais pour un temps, il a fallu faire avec ça.

- Et aujourd'hui ? On peut utiliser combien de pistes ? me suis-je enquis.

- En numérique ? Il n'y a pratiquement aucune limite. 48, 64... Plus si on veut. Le numérique permet de tout faire. Tous les studios modernes sont équipés en numérique, aujourd'hui. Enfin, *presque* tous.

Timidement, Vera a osé :

- Du coup... ton strüdel-machin-truc...

- Studer J37, a corrigé Chuck.

- Oui, bon, enfin bref, ta machine, là... Pourquoi tu as ça ? Elle est à toi ?

Thomas a caressé l'engin comme s'il flattait le cou d'une vache. Niveau poids, on ne devait pas en être loin, d'ailleurs.

- Oui, a-t-il annoncé. Je me la suis offerte il y a quelques jours. Je peux vous dire que ça m'a coûté... Ah, je préfère ne pas vous embêter avec ça ! Mais heureusement que les disques se vendent bien.

- Si je peux me permettre, a insisté Vera... pourquoi ? Si tu dis qu'on fait mieux maintenant, pourquoi te compliquer ?

- Je n'ai pas dit qu'on fait *mieux*, a rectifié Thomas. Le son obtenu avec cette machine est toujours exceptionnel. Pour certains, dont je suis, c'est même meilleur que le numérique. Plus chaud, mieux défini... Mais, c'est sûr, ce n'est pas aussi pratique qu'un équipement moderne. Peu importe ! Si d'autres ont enregistré dessus, je peux le faire aussi.

On y était. J'ai demandé :

- Enregistrer quoi, Thomas ? Tu prépares un nouveau disque ?

Il a souri.

- Eh oui. Un petit projet en marge du groupe.

Vera a blêmi, mais Thomas l'a mise à l'aise :

- Ne t'inquiète pas, Vera. On n'est pas fâchés. On s'entend très bien. Et on enregistre un nouvel album l'année prochaine. J'avais juste envie de faire quelque chose de mon côté, pour m'amuser. Et c'est encore plus amusant de le faire sur cet appareil.

- Si tu le dis, Thomas ! a soupiré Vera.

- D'autant que cet appareil précis a une histoire. Je veux dire : pas seulement ce modèle en général. Celui que vous avez sous les yeux. Vous voulez que je vous raconte ?

Un peu, qu'on voulait. Thomas a donc commencé :

- Ce magnétophone a servi à enregistrer trois albums célèbres : *Red is Red* de King Lizard, *Greenland* de Neil Stewart, et *Stuck in Essex* de Gerry Baker.

Je m'attendais à tout, sauf à ce que Chuck pousse un cri d'effroi :

- OH MON DIEU !

On a tous sursauté. Chuck était pâle comme un spectre, les cheveux dressés. Enfin, ils sont toujours dressés, mais là, encore un petit peu plus que d'habitude. Je pense qu'ils étaient parcourus par tellement d'électricité statique que j'aurais pu recharger mon téléphone rien qu'en l'approchant de sa tête.

- Euh, ça va ? a demandé Vera.

Chuck a tendu un doigt tremblant vers le magnétophone.

- Miss Kensington ! s'est écrié Chuck. Tu as acheté Miss Kensington !

Vera et moi, on l'a regardé comme s'il était devenu fou. D'ailleurs, il était peut-être bien devenu fou. Mais ce qui nous a achevés, c'est la réponse de Thomas :

- Oui, Chuck. C'est bien Miss Kensington.

Chuck a plongé les mains dans sa tignasse ; vue la tonne de gel qu'il utilise, j'avais peur qu'il n'arrive jamais à les retirer. Puis, il a commencé à gémir avant de dire, un doigt tendu vers Thomas :

- Il faut que tu t'en débarrasses ! Nous sommes maudits ! Pourquoi as-tu fait ça ?

Vera est intervenue :

- Bon, allez, on se calme un peu ! Chuck, reprends-toi. Thomas, pourquoi ça le met dans un état pareil ? C'est quoi cette histoire de Miss Kensington ?

Pendant que Chuck reprenait ses esprits, Thomas nous a expliqué :

- C'est-à-dire que ce magnétophone est une petite légende en soi. À chaque fois qu'il a été en usage... quelqu'un est mort.

La phrase a jeté comme un froid sur notre petite assistance. J'ai demandé :

- Mort... comme dans... mort ? Enfin : vraiment mort, quoi ?

- Oui, vraiment.

- Mais quel rapport avec la machine ? Les gens ne sont pas morts à cause d'elle, si ?

- Eh si...

Thomas a fait une petite pause, pour être sûr que son audience l'écoutait attentivement. On était, de fait, pendus à ses lèvres.

- Le guitariste de King Lizard, Robert Brufford, est mort électrocuté en ajustant un potentiomètre, en plein enregistrement. Il a dû être remplacé au pied levé. Le groupe ne s'en est jamais remis. Bizarrement, on n'a pas trouvé la cause de la panne, et la machine est demeurée en service.

- Waouw... a fait Vera.

- Si je m'attendais... ai-je murmuré.

- Ensuite, ça a été au tour du batteur de Gerry Baker d'y passer.

- De quelle manière ?

- Oh, c'était vraiment stupide. Il était tellement content d'avoir fini la session d'enregistrement qu'il a voulu monter sur le magnétophone en signe de joie.

- Et ? a fait Vera.

- Il a sauté dessus de manière un peu violente. La machine a basculé vers l'avant, il est tombé, et la machine lui a broyé le pied. Il s'est contenté de dire que « ce n'était rien, et que ça allait passer ». Malheureusement, une gangrène s'est déclarée, et comme il refusait toujours de se faire soigner, il a fini par en mourir.

- Quelle mort stupide, ai-je fait entre mes dents.

- Quelques mois plus tard, a poursuivi Thomas, c'est au tour de Neil Stewart lui-même de succomber, à l'âge de 27 ans. Cette fois, la cause de la mort est différente : il s'est cogné la tête contre l'angle du magnétophone. Le choc a été fatal. Après cela, Miss Kensington a fini par être mise au rebut, et on a même perdu sa trace. Jusqu'à récemment : je l'ai repérée dans une vente aux enchères chez Christie's. J'ai comparé avec les photos d'époque, et il n'y a aucun doute : c'est bien Miss Kensington. La vraie !

Vera avait l'air inquiète à son tour :

- Je... J'avoue que je ne comprends pas non plus pourquoi tu as acheté cet engin en sachant tout cela, Thomas. C'est un peu morbide, non ?

Je n'ai pas pu me retenir :

- Mais enfin, vous n'y croyez quand même pas ? Je veux dire : c'est évident qu'il ne s'agit que de coïncidences, vous ne pensez pas ? Je ne crois pas aux maisons hantées... du coup, je crois encore moins aux *magnétophones* hantés ! Thomas, dis quelque chose ?

- Bah, tu as déjà tout dit, Dave. Non, je ne crois pas trop non plus à toutes ces choses. Mais les faits sont là. Et j'avais envie d'une machine qui a du « vécu », comme on dit. L'occasion était trop belle. Mais je ne crois pas qu'il va m'arriver quoi que ce soit, n'ayez crainte.

- Tu as vérifié qu'elle marchait bien ? ai-je fait avec une moue suspicieuse.

- Je n'ai pas réussi à l'ouvrir. Il y a quelque chose de coincé dans le panneau arrière. Mais je l'ai branchée et tout a l'air de rouler. Alors pourquoi s'embêter ? J'ai des bandes vierges, il n'y a plus qu'à !

- Plus qu'à, plus qu'à... plus qu'à mourir, oui ! a crié Chuck. Je ne veux pas être là quand tu vas rallumer ce monstre.

Thomas a eu l'air déçu.

- Oh, dommage... Parce que je comptais vous proposer de repasser demain pour la session proprement dite. Aujourd'hui, je vais seulement répéter. Alors... vous ne voulez pas revenir demain, c'est sûr ? Vous avez trop peur ?

J'ai regardé Chuck. Cela crevait les yeux qu'il était partagé entre la certitude de mourir et une envie folle d'assister, pour la première fois de sa vie, à l'enregistrement d'un disque. On pouvait presque entendre les rouages jouer dans sa tête, comme si son cerveau était une mécanique à laquelle on demande de fonctionner alors qu'il n'y a plus une goutte d'huile. Finalement, il a dit :

- Ok. Bien sûr que ça me tente. Mais je prendrai mes précautions, je vous préviens.

Sur le coup, on n'a pas pris toute la mesure de cette phrase (mais on aurait dû). Toujours est-il qu'après cette entrée en matière fracassante, on a regardé Thomas répéter quelques morceaux pendant une heure ou deux. Et tout absorbés par la musique, on a fini par oublier ce qu'il venait de nous dire sur Miss Kensington. Enfin... Pas totalement. De temps en temps, je ne pouvais pas m'empêcher de jeter un coup d'œil vers cet engin curieux, qui avait l'air tellement inoffensif vu comme ça. Et puis, je me suis rappelé que les Daleks, les méchants robots de la série *Doctor Who*, ressemblaient un peu à ça. J'ai essayé de chasser ces drôles d'idées, me promettant d'en apprendre plus une fois rentré à la maison.

CHAPITRE II

Mes parents sont des personnes formidables. Normalement, à mon âge, je devrais les trouver nuls, embarrassants, pénibles, et considérer qu'ils m'empêchent de faire tout un tas de choses. Mais ce serait de la pure mauvaise foi : on peut difficilement imaginer plus *cool* que mes parents. J'aurais pensé qu'à quarante ans, ma mère se mettrait à tricoter et mon père à fumer le cigare, ses chaussons aux pieds. Mais pas du tout. J'ai l'impression qu'ils n'ont pas vraiment vieilli dans leur tête depuis qu'ils ont, disons, vingt-cinq ans. Mon père joue de la guitare dès qu'il a un moment, ma mère est meilleure que moi aux jeux vidéo. Bien sûr, ils restent des parents. C'est-à-dire que quand je rapporte une mauvaise note, que je ne me comporte pas comme on l'attendrait d'un jeune Anglais, ça barde. Mais la plupart du temps, c'est étonnant à dire, mes parents sont de bonne compagnie. J'aime bien discuter avec eux, sortir avec eux. En plus, mon père est fidèle à une tradition très britannique : il aime écouter de la musique dans les meilleures conditions possibles. Quand j'étais allé chez mon correspondant français, je m'étais aperçu que sa famille n'avait qu'un petit poste à CD, généralement logé dans la cuisine. Ce n'est pas qu'ils n'aimaient pas la musique, non, mais apparemment, leurs téléphones leur suffisaient. En Angleterre, et a fortiori chez mon père, on ne badine pas avec ces choses. Je n'ai pas le détail de toutes les marques qui composent le système hi-fi de mes parents, mais ce que je peux vous dire, c'est qu'il y a des boîtiers électroniques partout, des câbles épais comme des tringles à rideau, et des enceintes tellement grandes qu'en me pliant un peu, je devrais pouvoir me glisser à l'intérieur. Et ça, c'est assez génial quand je reviens avec un nouveau disque à la maison : j'ai presque l'impression d'être au concert. Mes parents ont à peu près les mêmes goûts musicaux que moi. Je dis « à peu près » parce que ce ne serait pas drôle s'il n'y avait pas quelques points de désaccord. Mais globalement, ça colle ; d'ailleurs, je dois même avouer que c'est ma mère qui a connu les Blackboard Circles en premier. Eh oui ! Tout ça pour vous dire que si plein de parents seraient horrifiés qu'un adolescent fréquente un musicien de rock, mes parents, au contraire, en sont ravis. Et même un peu jaloux.

Ainsi, quand je suis revenu d'Abbey Road, mon père avait du mal à cacher son impatience. Il restait digne comme un bon Anglais sait le faire, mais il ne me trompait pas : je savais qu'il rêvait de m'attraper, de me secouer et de me demander « Aloooors, comment c'était ? ». Au lieu de cela, il a attendu que je commence à parler. J'ai donc vidé mon sac dans le détail, n'omettant pas tout ce qui concernait « Miss Kensington ». Mon père avait, lui aussi, vaguement entendu parler de cette légende ; ma mère, qui nous avait rejoint en cours de conversation, en ignorait tout.

Le week-end, mes parents aiment bien manger de la nourriture de pub : pas dure à préparer, mais consistante et pleine de goût. Au repas, on avait donc des *sausages & mash*, le plat le plus simple et le plus délicieux au monde. Après ça, j'ai demandé à aller dans ma chambre, et comme un match de foot allait commencer, je crois que mon père n'a même pas entendu ce que je lui disais.

Une fois dans mes pénates, je me suis rué sur mon ordinateur, et j'ai fait une recherche sur « Miss Kensington ». J'ai eu confirmation de l'histoire racontée par Thomas, mais je ne savais pas trop si je devais tout croire en bloc. Alors, j'ai cherché s'il existait un spécialiste des faits bizarres à qui je pourrais poser la question. De fil en aiguille, je me suis aperçu qu'un tel spécialiste existait, qu'il s'appelait Patrick Magneux, qu'il tenait un site appelé « Ambystom ». Le petit souci, c'est que le site comme son webmaster étaient français. Or, je ne pouvais pas me targuer d'être franchement bilingue. Je me suis rendu sur la chaîne YouTube du mystérieux Patrick : là, les vidéos y étaient sous-titrées en anglais, mais aucune ne concernait Miss Kensington. Alors, je me suis décidé à envoyer un message à Patrick Magneux, dans mon français le plus châtié, en espérant que lui saurait parler anglais. Ensuite, je me suis allongé sur mon lit pour regarder une série sur mon ordinateur.

Après une demi-heure, j'ai entendu ce « bip » qui indique qu'on a reçu un e-mail. Je me suis rué sur ma boîte de réception, et j'ai poussé un petit cri d'espoir : Patrick Magneux m'avait répondu. Voilà ce qu'il me disait, dans un anglais quasiment impeccable :

Cher Dave,

Je suis très flatté que tu aies voulu avoir mon avis sur cette affaire. Comme tu l'as deviné, j'en connais très bien les détails, et j'ai évidemment pas mal de choses à t'en dire. Toutefois, il serait un peu compliqué de tout t'expliquer par e-mail. Peut-être pouvons-nous parler par Skype ? N'hésite surtout pas, à n'importe quelle heure.

Amitiés,
Patrick

J'étais tout excité. J'ai noté soigneusement son identifiant Skype, et sans plus attendre, j'ai lancé une conversation avec mon interlocuteur français. Il commençait à être un peu tard, mais comme il m'avait spécifié « à n'importe quelle heure», je ne me suis pas inquiété outre mesure.

Le premier appel n'a pas abouti. J'ai attendu cinq minutes, puis j'ai recommencé. Là, j'ai eu un écran tout noir. Puis, progressivement, j'ai commencé à distinguer quelque chose. Un mur recouvert de vieux livres et d'objets hétéroclites, en arrière-plan. Mais là où j'aurais dû voir quelqu'un en train de me parler, il y avait une cage. Une grande cage, suffisante pour contenir un humain. Sauf qu'il n'y avait personne à l'intérieur : juste une masse noire qui semblait à peu près immobile. Peut-être quelqu'un sous une couverture ? J'ai attendu une minute, deux minutes, et rien ne s'est passé. Déçu, je m'apprêtais à couper la communication lorsque tout à coup, une épaisse fumée rougeâtre s'est formée entre les barreaux. Pendant un moment, je ne voyais presque plus rien, mais j'avais l'impression que la forme noire gigotait. Et puis, finalement, la fumée s'est dissipée. Et devant la cage, il y avait un individu en chair et en os, large d'épaules, souriant. Je ne comprenais absolument rien à ce qui venait de se produire.

- Euh... Monsieur Magneux ? ai-je demandé en français.

- Dave ? m'a répondu le personnage. Heureux de faire ta connaissance ! Nous pouvons parler anglais, si tu le désires.

- Ça m'arrangerait, je vous avoue.

- Eh bien parfait, alors. J'espère que ma petite mise en scène ne t'a pas effrayé : figure-toi que je venais de me faire prêter cette cage truquée, réplique exacte de celle qu'utilisait Harry Houdini. Tu as appelé au moment où j'essayais de reproduire l'un de ses numéros d'évasion.

- Houdini... ? Je ne connais pas.

- Ah ah, cela n'est pas bien grave. Alors, dis-moi tout, jeune sujet de Sa Majesté. Pourquoi cet intérêt pour Miss Kensington ?

À ce moment-là, ma mère est entrée dans ma chambre. Sans frapper, ce que je déteste.

- Dave chéri, tout va bien ?

- Oui, oui, ai-je fait avec précipitation.

- Je t'entendais parler. Tu sais que je n'aime pas trop que tu téléphones à cette heure !

- Euh, je... je suis sur Skype, en fait.

- Ah, avec qui ?

En fait, elle n'attendait pas vraiment que je lui réponde. Elle a franchi les quelques mètres qui la séparaient de mon lit, et a collé son nez à l'écran, un sourcil levé. L'étrange Patrick, pas démonté pour deux sous, a immédiatement lancé :

- Madame, je pense que vous êtes la maman de Dave, et je vous prie d'accepter toute ma sympathie, a dit mon interlocuteur.

- Et vous, vous êtes qui ? a-t-elle demandé sèchement.

- C'est le... ai-je commencé.

- Laisse-le répondre, m'a interrompu ma mère. Oui, je vous écoute ?

- Je suis Patrick Magneux, spécialiste en histoires extraordinaires et sources d'étonnement, Madame. Et Dave avait quelques questions à me poser.

Le Français avait prononcé ces quelques mots avec une assurance et une bonhomie sidérantes. Tellement sidérantes que ma mère a reculé, l'air un peu rassurée.

- Par les temps qui courent, il faut se méfier des inconnus à qui l'on parle sur Internet. Vous m'avez l'air d'être un monsieur poli. Mais puis-je savoir ce que vous voulez à mon fils ?

- C'est moi qui l'ai contacté, *mum*, ai-je dit.

Ma mère a hésité un moment, puis a repris :

- Je devine de quoi mon fils voulait vous parler. Bien, je vous laisse donc, mais... Si dans dix minutes, j'entends encore des voix, je reviens et je confisque l'ordinateur.

- Ah ah, n'ayez crainte, Madame, cela ne devrait pas être long. Je vous souhaite la bonne soirée.

Ma mère a quitté la pièce, et je savais qu'elle se méfiait encore un peu. Mais pour le moment, j'étais seul avec mon spécialiste des faits bizarres, et je comptais bien mettre ce temps à profit.

- Euh... avant de répondre à votre question de tout à l'heure, ai-je dit, j'aimerais bien savoir si ce qu'on raconte sur Miss Kensington est vrai.

L'expert de l'étrange avait l'air ravi.

- Mon cher Dave, toute l'affaire Miss Kensington est ce que l'on appelle une légende urbaine.

- Une légende urbaine... donc ce serait faux, c'est bien ça ? Une légende urbaine, c'est un peu comme une rumeur ?

- Oui. Les musiciens que tu sais sont bien morts à proximité de la machine. Mais rien ne prouve qu'elle en soit directement la cause. À part peut-être la première fois, et encore, cela reste à prouver.

- Mouais, c'est bien ce que je pensais. On s'est beaucoup excités pour rien : ce sont des coïncidences.

- Sans doute. On a retenu que tous les musiciens qui ont utilisé cette machine sont morts, mais c'est totalement faux. En réalité, elle a été utilisée des dizaines de fois par d'autres musiciens, sans que rien ne se produise.

- Ah ! C'est exactement ça que je voulais entendre.

Patrick Magneux a eu soudain l'air un rien embarrassé.

- Mais en réalité, le troisième décès est tout de même un peu troublant. Car quand on a retrouvé le corps inanimé de Neil Stewart, mort d'une commotion cérébrale, il n'y avait rien dans la pièce qui puisse expliquer cette chute malencontreuse.

- Attendez... je pensais qu'il avait trop bu et qu'il s'était cogné ?

- Ah ah, c'est ce qu'on a dit à l'époque. Mais cela contredit complètement les témoignages de ses proches, qui affirment que Neil Stewart n'avait pas bu une goutte d'alcool depuis deux ans. Et on n'a retrouvé aucune bouteille ni aucun verre dans les parages. De toute évidence, l'ivresse n'était pas la cause de l'accident. Des sources policières ont évoqué la possibilité qu'il ait été assassiné.

- Assassiné ? Mais pourquoi ?

- Aucune piste sérieuse. Peut-être qu'il était là au mauvais moment, c'est tout. En tous les cas, une chose est certaine : il n'y a pas de réelle malédiction.

- Bon, je suis un peu rassuré. Au fait : pourquoi ce nom ? Miss Kensington ?

- « Miss Kensington » est un nom trouvé par un journaliste rock, à l'époque. C'est très certainement de lui qu'est partie cette histoire de malédiction, à la base. Il avait écrit un article où il faisait remarquer que les trois décès survenus en assez peu de temps avaient eu lieu près du fameux magnétophone. J'ai retrouvé l'article en question : il n'y parlait pas de « malédiction » au sens strict, mais avait tourné ça de manière plutôt intelligente, pour susciter un mystère sur le ton de la plaisanterie. Il a seulement commis l'erreur de se demander s'il y avait un démon enfermé dans le quatre pistes. C'était une blague : quand tu relis l'article aujourd'hui, il n'y a aucun doute. Mais beaucoup l'ont prise au pied de la lettre.

- D'accord, mais ce nom ? Ça vient d'où ?

- Oh, tout simplement parce que l'une des sociétés qui importait le Studer J37, à l'époque, était située dans le *borough* de Kensington. Le journaliste a dû trouver amusant de lui donner un nom féminin. Comme je te disais : les grandes rumeurs partent souvent de rien, ou presque !

Je me sentais un peu bête à l'idée de poser la question suivante, mais je n'ai pas pu me retenir :

- Bon, donc... Vous pensez que l'actuel propriétaire de la machine ne risque rien ?

- Le connaîtrais-tu ?

- Oui, c'est un ami. Alors, votre avis ?

- Ah ah, non, je ne pense pas que vous risquiez quelque chose. Vous allez sans doute mettre un point final à la « malédiction » ! Cependant... il y a quand même quelque chose qu'il faut que je te dise.

- Ah, quoi donc ?

- L'article du journaliste n'a été que le début. Pour le grand public, c'est l'histoire qui a été retenue : la malédiction de Miss Kensington, et les trois malheureux musiciens décédés. C'est cette histoire qu'on raconte dans les livres sur le rock.

- D'accord, et ? Il y a autre chose !

- Oh que oui, c'est ça le plus fou ! Tu sais peut-être que l'album que Neil Stewart a enregistré avec ce magnétophone, *Greenland*, est devenu culte.

- Oui, comme beaucoup de disques de cette époque, n'est-ce pas ?

- Tout à fait, jeune homme. Mais celui-ci jouit d'un statut un peu particulier. Pour certains fans illuminés, ce disque aurait en fait raconté la terrible lutte qui s'était engagée entre Neil Stewart et la machine démoniaque. Toutes les paroles du disque formeraient un témoignage, en quelque sorte, où le chanteur expliquerait comment il a essayé de résister au magnétophone hanté.

- Euh...

- Ah ah, je comprends ta réaction ! Et ce n'est pas tout. Beaucoup d'individus, surtout des adeptes de spiritisme, sont convaincus qu'au moment de sa mort, l'esprit de Neil Stewart a trouvé refuge dans la machine.

- Dans la machine ? Quoi ?

- Oui. On imagine qu'en luttant contre le démon qui était dans le magnétophone, Neil Stewart a perdu la vie. Mais que son esprit, en chassant le démon, a finalement pris sa place. En quelque sorte, l'esprit de Neil Stewart serait enfermé dans la machine, comme un génie dans sa bouteille ! Je ne sais pas si tu as déjà vu un film d'horreur appelé *L'Exorciste* ? C'est absolument ce qui s'y passe ! Dans les années 60 et 70, il y avait beaucoup de crédulité pour toutes ces choses.

- Mais c'est absolument n'importe quoi !

- Ah ah ah ! Je ne te le fais pas dire. Mais tu sais : une fois qu'une rumeur est lancée, impossible de l'arrêter. Donc voilà. Pour certaines personnes, Miss Kensington était le réceptacle d'un démon, qui est désormais habité par l'esprit du chanteur. Et certaines personnes se sont mises en tête de le ressusciter un jour.

J'avais l'impression de devenir fou.

- Je ne comprends pas un truc. Pourquoi un démon irait-il posséder un magnétophone ? Quel est l'intérêt ? Comment on peut croire à des âneries pareilles ?

Patrick a pris un ton plus sérieux.

- Il faut que tu te remettes dans le contexte de l'époque. Dans les années 60, la musique rock connaissait une véritable révolution. Et beaucoup de personnes d'un certain âge étaient très méfiantes. On disait que le rock abrutissait les jeunes esprits, les conditionnaient. Qu'il était diabolique, justement ! Et qu'il pouvait, en quelque sorte, réduire ses adeptes en esclavage. Alors quoi de mieux, pour exercer une influence, qu'un magnétophone dans un grand studio d'enregistrement ? Le magnétophone pouvait contrôler l'esprit du musicien, et donc exercer une influence sur les millions de jeunes qui achetaient les disques !

J'ai réfléchi un petit moment.

- Monsieur Patrick, désolé de me répéter, mais... Il y a VRAIMENT des gens qui croient à des sornettes pareilles ?

- Tu serais surpris, mon cher Dave ! Il n'y a absolument aucune limite à la crédulité. Aucune ! Tu sais, beaucoup de personnes, sur terre, sont persuadées que nos dirigeants sont en fait des lézards qui ont pris apparence humaine. Cherche sur Google, si tu ne me crois pas.

- Je vous crois... mais je suis un peu perturbé !

- Pour finir avec tout ça, comme tu l'auras compris, Miss Kensington aurait tout simplement éliminé les artistes qui refusaient de « collaborer » avec elle. L'ultime album de Neil Stewart aurait donc été sa mise en garde finale... avant d'être réduit au silence à son tour.

Je me suis étiré.

- Mais monsieur Patrick... Il y a toujours un fond de vérité aux choses, non ? Est-ce que les paroles du disque vont vraiment dans ce sens ?

- Si tu veux mon avis, on peut faire dire n'importe quoi à n'importe qui. Ce sont des paroles complètement obscures, incompréhensibles, de quelqu'un de très perturbé. Il ne faut sans doute pas aller chercher plus loin.

J'avais l'impression d'avoir couru un cent mètres : ces révélations avaient été très fatigantes !

- Qu'est-ce qu'il s'est passé, au fait, après ? La machine a disparu ?

- On dit qu'on a cherché à la faire disparaître, en effet, à la neutraliser. La vérité, c'est qu'elle a rapidement été dépassée techniquement, et remplacée par du matériel moderne. Le hasard a fait qu'on a un peu perdu sa trace. Elle avait dû être rangée dans le mauvais hangar, mal étiquetée... Encore des coïncidences. Elle a refait des apparitions au cours de son histoire, mais comme elle n'intéressait plus grand monde...

J'ai secoué la tête.

- Pfiou... Qui aurait pensé que j'avais rencontré, en quelque sorte, le fantôme de Neil Stewart... enfermé dans un cube en métal.

- Ah ah, oui!

J'ai rassemblé mes esprits, puis j'ai dit :

- Bon, alors merci pour tout, Monsieur Patrick. C'était très instructif.

- N'hésite pas à me contacter à nouveau si tu as besoin d'aide. Je ne suis jamais très loin.

- Bien. *See ya*!

J'étais pleinement rassuré. Enfin, presque : quand on vous met quelque chose dans la tête, c'est dur de l'en sortir complètement. La journée avait été fatigante, je me suis donc endormi sans demander mon reste.

CHAPITRE III

Le quartier d’Angel, à Londres, a toujours été l’un de mes favoris. Généralement, les touristes l’évitent, ou plutôt, l’ignorent, faute d’attraction particulièrement voyante. En réalité, il s’agit de l’un des secrets les mieux gardés de Londres, à deux stations seulement de la gare internationale. L’avenue principale, en soi, n’a rien d’extraordinaire : des trottoirs très larges comme on en a le secret dans la capitale, des boutiques que l’on pourrait trouver partout ailleurs. Mais c’est quand on s’aventure hors des sentiers battus que les choses deviennent intéressantes. Une fois que l’on s’éloigne de la station de métro qui porte son nom et que l’on s’enfonce dans la contre-allée qui borde une rangée d’immeubles assez banals, on se retrouve dans un quartier peuplé d’antiquaires, avec des boutiques aux contenus tous plus étranges les uns que les autres. Il y a un spécialiste des faïences chinoises (enfin, je crois que c'est chinois), un autre qui vend de vieux jouets... Il n'y a jamais beaucoup de passage, mais on se sent curieusement coupé du monde. De l'autre côté de l'artère, c'est un monde très différent, beaucoup plus populaire. On y trouve un vrai petit marché qui s'étale sur plusieurs rues, avec des commerçants qui crient et qui hèlent les clients. On peut y acheter des hamburgers et des hot dogs faits devant vous, et de nombreuses boutiques d'un autre temps viennent décorer les rues. Ici, on s'y sent toujours entre vrais Londoniens. Et c'est justement dans ce quartier que Vera, Chuck et moi avons instauré un véritable rituel : le *breakfast* du dimanche matin.

Les continentaux ont une vision un peu idéalisée du petit-déjeuner anglais. Ils pensent tous qu'on s'empiffre du bacon frit, des œufs, des *beans* à la tomate et du boudin noir tous les matins. La vérité est moins pittoresque, je crois. Mon père comme ma mère se contentent d'un café pour l'un, d'un thé pour l'autre, et d'une tartine s'ils ont le temps (et quelque chose à mettre dessus). Le petit-déjeuner à l'anglaise, en fait, c'est devenu quelque chose d'assez exceptionnel, plutôt réservé au week-end (quand on est à peu près motivé). Or, il existe à Londres une chaîne de petits restaurants indépendants qui servent des *breakfasts* à tomber à la renverse et dont le nom s'inspire d'un film des années 80, *Breakfast Club.* Vera, Chuck et moi, on s'y rend tous les premiers dimanches du mois. On a décidé de ne jamais enfreindre cette règle, sauf en cas de force majeure. Et ce dimanche-là ne faisait pas exception, même si on était très pressés de retrouver Thomas dans le studio.

Je suis arrivé le premier, comme d'habitude, et me suis installé au fond de la salle, sous des photos d'acteurs que je ne connais pas. De là, j'avais une vue parfaite sur l'immense tête en papier mâché (une tête d'Indien ? je n'ai jamais su) qui surplombe la caisse. La musique était parfaite, et le personnel souriant. Je n'avais plus qu'à attendre les copains.

Vera est arrivée une dizaine de minutes après, et m'a repéré immédiatement. Elle s'est assise en face de moi, et j'ai remarqué qu'elle avait les traits un peu tirés.

- Hello, Vera. Tu as bien dormi ? ai-je demandé immédiatement.

- Hey, Dave. Pas très bien, non.

- Une raison particulière ?

- Oh, ben tu la devines, non ? Ces histoires de malédiction m'ont trotté dans la tête une bonne partie de la nuit. Et si c'était vrai ?

J'ai souri, amusé.

- Ne t'inquiète surtout pas : j'ai la situation en main.

- Ah oui ? Et comment ? Pourquoi, surtout ?

- J'ai consulté un spécialiste. Il m'a tout expliqué, il n'y a vraiment pas à s'inquiéter. C'est à peu près aussi absurde que l'histoire de la mort de Paul McCartney.

- De quoi tu parles ?

- Enfin, Vera, tu ne connais pas ça ?

- Non, je suis désolée, mais non. Contrairement à toi et surtout Chuck, je vis au XXIe siècle.

- Oui, mais tu aimes les Beatles comme nous, non ?

- Bien sûr. Mais pas au point de savoir quelles chaussettes ils portaient le 13 septembre 1967 au matin. Enfin, je t'écoute.

J'étais ravi qu'elle me pose la question : pour une fois que c'est moi qui ai quelque chose d'intéressant à raconter sur la musique.

- Bien. À l'époque de leur disque *Sgt. Pepper's Lonely Hearts Club Band*, une rumeur a commencé à circuler, selon laquelle Paul McCartney aurait été victime d'un accident mortel de la route.

- C'est un peu bizarre, non ? Sachant qu'il a continué à faire des concerts jusqu'à cette année ? Et qu'il n'a pas l'air de vouloir s'arrêter ?

- Oui, bien sûr. Mais la rumeur prétendait qu'il avait été remplacé par un sosie parfait, suite à un concours.

- Ah ouais ? Vraiment parfait, alors.

- Oui, et bon imitateur, parce qu'il chante pareil. À l'époque, c'était finalement plus simple : on partait du principe que c'est John Lennon qui écrivait les chansons, et que le sosie n'avait plus qu'à suivre les instructions.

Vera a eu l'air absolument exaspéré.

- C'est n'importe quoi, franchement. Non ? Je veux dire, pourquoi ils sont allés chercher un truc pareil ?

- Il y aurait eu plein d'indices disséminés sur les pochettes, dans les paroles. Par exemple, sur la pochette de *Sgt. Pepper's*, on voit une petite voiture miniature, et une couronne mortuaire en forme de basse. Et Paul McCartney était le bassiste des Beatles.

- Merci, j'étais au courant. Mais... en forme de basse ? Elle pourrait être en forme de guitare, non ? Ou de ukulélé ? C'est qu'on ne voit pas très bien ce que c'est exactement, dans mon souvenir !

- Il y a également une main noire au-dessus de la tête de Paul, sur la pochette.

- La belle affaire.

- Et sur le vinyle, à l'intérieur, George semble pointer un doigt vers les paroles « Five O' Clock ».

- Ok, et ?

- Paul McCartney aurait eu son accident à 5 h du matin.

- On est sûr de ça ? D'ailleurs, il a vraiment eu un accident ?

- Oui. Mais je ne suis pas sûr qu'on ait l'heure, en fait.

Vera a détourné le regard un instant, pour examiner le menu. Puis, elle a fait signe à la serveuse d'attendre encore un peu.

- Bon, c'est tout ? C'est vraiment tout ?

- Pas tout à fait. Il y a, bien entendu, la pochette d'*Abbey Road*. Paul y marche pieds nus. Or, on enterre les morts pieds nus en Irlande.

- C'est vrai ?

- Je ne sais pas. Rien n'est moins sûr. Mais tu sais que Paul McCartney est d'origine irlandaise.

- Oui, oui, personne n'est parfait.

J'ai froncé les sourcils.

- Oh, pardon, j'oubliais que toi aussi.

- Il y a aussi la fameuse plaque d'immatriculation. 28IF : « 28 si... ».

- « 28 si »... Je ne te suis pas ?

- Si Paul avait été vivant quand la photo a été prise, il aurait eu 28 ans.

- Ah, mais c'est l'évidence même. Il est né quand, déjà ?

- 1942, il me semble.

- Et le disque date de... 1969, c'est bien ça ?

- Oui, tout à fait.

- Donc, il aurait eu 27 ans, pas 28 ! C'est débile !

- Je ne te le fais pas dire.

- Pfff, c'est fou, tout ça. Mais donc, pour en revenir à nos affaires à nous...

- D'après l'expert français que j'ai contacté, on est au même niveau de débilité. Une série de bêtes coïncidences, sur fond de possession démoniaque. Rien d'autre. Je crois que nous n'avons absolument aucun souci à nous faire. Et je suis sûr que Chuck est arrivé aux mêmes conclusions que moi.

- Tiens, d'ailleurs, qu'est-ce qu'il fabrique ? Il n'est jamais très ponctuel, mais à ce point ? Enfin, pour une fois qu'on est tous les deux...

Je n'ai pas eu le temps de vraiment relever, car la porte venait de s'ouvrir. Et là, quelque chose est entré dans le Breakfast Club. Quelque chose qui avait peut-être été notre ami il y a peu, mais qui avait subi une transformation radicale. Pour commencer, Chuck portait un casque de moto. Un casque à l'ancienne, en cuir, qu'il avait sans doute emprunté à son père, grand fan de moto. Il portait les lunettes assorties, mais ce n'était pas le pire. Autour de son cou pendait un collier composé d'une dizaine de pattes de lapin. Sur son T-shirt blanc, il avait dessiné une énorme étoile à cinq branches, comme celles que l'on voit dans les films quand il y a des exorcismes ou des trucs sataniques. Je me suis également rendu compte, après un moment, qu'un crucifix était planté au sommet du casque, un peu à la manière d'une antenne. Autour de son poignet droit, il y avait une chaînette et un pendentif en forme de trèfle à quatre feuilles. Les serveurs se sont figés tout net. J'ai ouvert la bouche sans pouvoir dire un mot. Vera s'est caché le visage entre les mains.

Chuck est venu vers nous et s'est assis comme si de rien n'était. Après un pesant silence, je n'ai pas pu m'empêcher de demander :

- Chuck... Pourquoi tout ça ? Note que j'ai une petite idée de la réponse, mais...

- Je prends mes précautions.

- Tu t'es entouré de porte-bonheur, c'est bien ça ?

- Tu as tout compris. Comme ça, on devrait pouvoir contrecarrer la malédiction. Enfin, je parle pour moi : je ne sais pas si mes amulettes suffiront à vous protéger.

- Chuck, je ne sais pas quoi te dire. Vraiment.

Il s'est assis à côté de Vera, et a pris le menu comme si tout était normal.

- Je crois que je vais prendre un toast à l'avocat, a-t-il finalement déclaré. Et un jus de fruits vitaminé.

Vera n'en pouvait plus :

- Chuck... Je refuse de sortir de ce restaurant en ta compagnie si tu persistes à vouloir porter tout ça !

Chuck a pris un air outré :

- Vera, je ne te savais pas aussi égoïste.

- Égoïste ? De quoi tu parles ?

- J'essaye de me protéger, et tu veux m'en empêcher. Je suis jeune, j'ai encore envie de vivre plein de choses !

- Mais...

Je suis intervenu :

- Chuck, j'expliquais justement à Vera que toute cette histoire de malédiction, c'est du flan. On ne risque absolument rien.

- C'est bien beau de le dire, mais comment en être sûr, hein ?

- Chuck, comment être sûr que les vampires n'existent pas ? Que les loups-garous n'existent pas ? On ne peut *pas* le prouver ! Mais on sait pertinemment que ce n'est pas possible, pour autant. Tu vois ce que je veux dire ?

- Mouais...

Il a regardé Vera ; elle seule pouvait, éventuellement, le faire changer d'avis. Elle lui a lancé un regard à la fois doux et décidé, et j'ai senti qu'il allait céder. Alors, il a enlevé son casque, ses lunettes, et a fourré le collier en pattes de lapin dans son sac à dos.

- Bon : je garde le bracelet et le T-shirt, on ne sait jamais. Et après tout, je suppose que les pattes de lapin me protègent toujours si je les garde dans mon sac à dos ? Vous ne voulez pas en prendre une pour vous ?

- Ça ira, ai-je dit. Et au fait : comment as-tu réussi à te procurer autant de pattes de lapin en quelques heures ?

- Oh, j'ai... trouvé un vendeur sur eBay.

- Qui avait ça en stock ?

- Oui.

- On trouve vraiment de tout sur Internet, s'est lamentée Vera.

Finalement, on a commandé un bon petit-déjeuner. J'ai pris le « Full Monty » (« le grand jeu », en d'autres termes), qui contient à peu près tout ce qu'un être humain peut décemment avaler à cette heure de la journée : bacon grillé, *hash browns*, haricots en sauce tomate Heinz, œuf (brouillé pour moi), saucisse, boudin blanc, boudin noir, tomate. Le tout accompagné d'un bon chocolat chaud et de toasts bien croustillants. Alors que le repas se poursuivait, il m'a semblé que Chuck se détendait un peu. Tant mieux, parce qu'il pouvait être franchement pénible dans ces moments où il se met à réagir de manière totalement imprévisible et irrationnelle. Mais l'important était de ne pas (trop) attirer l'attention sur nous. Quoi qu'aux studios Abbey Road, ils avaient dû en voir des vertes et des pas mûres depuis les années 60, entre nos chers Beatles, les Pink Floyd et les dizaines d'autres.

On s'est mis à parler de tout et de rien, tout en engloutissant notre *breakfast.* L'heure de retourner au studio approchait, et je me sentais de plus en plus excité. Pourtant, je n'arrivais pas à définir quoi, mais quelque chose commençait à me tracasser. Est-ce que Chuck avait réussi à me transmettre sa nervosité ? Peut-être bien. Pour dire les choses clairement, j'avais un mauvais pressentiment. Mais j'ai décidé de ne pas en parler aux autres, et d'attendre que ça passe.

Non seulement ça n'est pas passé, mais en plus...

Ah, chaque chose en son temps.

CHAPITRE IV

Il n'est pas forcément très rapide ni très direct d'aller d'Angel à Abbey Road : aucune ligne de métro ne permet d'accomplir efficacement ce trajet est-ouest. Il faut bien avouer que le maillage du métro londonien est plutôt moins serré que celui de Paris, par exemple. Il y a même des zones vides de toute station. En clair, il faut marcher, et parfois beaucoup. C'est d'ailleurs l'une des raisons pour lesquelles de nombreux Londoniens, depuis quelque temps, se sont rabattus sur les vélos pliants Brompton. Une invention très pratique (et un peu coûteuse, pour être honnête) qui leur permet de rallier facilement des points mal desservis par les transports. De nombreux *commuters* - c'est-à-dire, des gens qui prennent le train depuis la banlieue pour atteindre le cœur de Londres - voyagent avec leur vélo pliant. Ils atteignent facilement leur gare de départ (en banlieue, ce n'est pas toujours très simple), et ne perdent pas trop de temps une fois à Londres.

Ni Chuck, ni Vera ni moi n'étions équipés de vélos pliants. En revanche, nous avions chacun une carte d'abonnement pour le service de location de vélos. Ce service, au départ, portait le nom de la banque Barclays, sponsor officiel. Depuis, c'est devenu « Santander Cycles ». Mais nous, les Londoniens, nous avons un petit surnom pour ces vélos, qui n'a jamais changé : on les appelle les « Boris Bikes ». Pourquoi ? Parce que c'est le maire Boris Johnson qui avait imaginé ce service, à l'origine. Nous sommes de grands sentimentaux : le prénom est resté.

En général, on se méfie un peu, quand on roule dans Londres : même s'il y a moins de voitures qu'avant à cause du péage que la mairie a mis en place autour de la zone centrale, cela reste assez dangereux (ne serait-ce qu'à cause des bus). Mais comme on était dimanche, c'était déjà beaucoup plus praticable. Alors, on a chacun enfourché un vélo, et on s'est mis à pédaler vers Abbey Road.

En fait, le trajet est beaucoup moins rapide qu'il n'en a l'air quand on regarde le plan du métro. Le problème de notre *Tube Map*, c'est que cette carte n'est pas vraiment à l'échelle. L'espacement entre les stations est à peu près identique partout sur le plan, alors qu'en fait, il y a des disparités énormes. Deux points en apparence proches peuvent être en réalité très éloignés. Tout ça pour dire qu'on est arrivés un peu éreintés, d'autant que le *breakfast* avait oublié d'être léger (il nous avait sans doute donné des forces, mais pas pour tout de suite). On s'est présentés à l'accueil, où une personne différente de la veille nous a reçus. Le même chien est venu nous faire la fête. Et puis, Thomas est arrivé. Il avait l'air concentré, et tenait encore dans sa main droite son médiator de guitare.

- Alors les enfants ? a-t-il commencé. Prêts pour la grande aventure ?

- Eh bien... Oui, et toi ? a répliqué Vera.

- Je crois que c'est le cas aussi. Chuck ? C'est quoi cette tenue ?

Chuck s'était débarrassé de quelques accessoires anti-malédiction, mais il avait encore son casque décoré à la main.

- Oh, c'est... la nouvelle mode.

- Ah ! Si tu le dis.

Il valait mieux couper court, aussi ai-je demandé :

- Ton ingénieur son est déjà là ?

- Je n'en ai pas.

- Pardon ?

- Non, je vais tout faire à l'ancienne. Je voulais le studio uniquement pour l'acoustique et les facilités de placement des micros... mais la vérité est que j'aurais pu tout faire chez moi.

Chuck a alors murmuré :

- Du coup... si la malédiction frappe, ça sera sans doute sur nous qu'elle tombera.

Je lui ai donné un coup de coude, et me suis assuré que Thomas n'avait rien entendu.

- Bien, a repris le chanteur, je pense qu'on va pouvoir y aller. Au fait : ce chien est à vous ?

Les regards se sont braqués sur la créature qui nous observait en bavant à moitié.

- Non, on pensait qu'il était à quelqu'un d'ici.

- Ah, c'est vrai qu'il était là hier avant que vous n'arriviez. Bon, je suppose que c'est un chien errant qu'une bonne âme du studio aura recueilli. Peu importe, allons-y.

On a emboîté le pas à Thomas, jusque dans la pièce où on avait discuté la veille. C'est vrai que l'arrangement était plus simple que ce à quoi je m'attendais : il y avait un micro au bout d'une perche relié à une console, elle-même reliée au magnétophone. Et c'était à peu près tout. Thomas était bien décidé à jouer tous les instruments seul, comme de nombreux artistes avant lui l'avaient fait. Pourquoi pas : le résultat pouvait être délicieusement intimiste. Au pied d'un tabouret, il y avait un métronome. En nous voyant l'observer, Thomas a expliqué :

- Je vais enregistrer d'abord ce qu'on appelle une piste témoin. C'est-à-dire, une rythmique de guitare toute simple, sur laquelle je pourrai poser le chant. Je rajouterai la batterie après. Mais bien sûr, je dois être parfaitement en rythme. D'où le métronome.

Chuck a acquiescé d'un air de connaisseur. Mais au moment où il allait poser une autre question, il a sursauté comme s'il avait vu le Diable en personne.

- Là ! a-t-il bredouillé d'une voix tremblante.

Il tendait le doigt vers la vitre en verre qui nous séparait du couloir. À travers, on pouvait voir la silhouette d'un homme revêtu d'une tenue sombre qui s'éloignait.

- Un démon ! Il est venu pour nous !

Le « démon » s'est arrêté, et tout en nous tournant le dos, s'est baissé pour attraper une bonbonne d'eau, qu'il a placée sur une fontaine. Puis, il s'est éloigné.

- Chuck, mon vieux, ai-je commencé, tu ne penses pas que tu es un poil trop nerveux ?

- Je... je ne sais pas, j'ai cru que... Il a surgi de nulle part.

- Il n'a pas surgi de nulle part. Je te rappelle qu'il y avait précisément un camion de livraison pour les fontaines d'eau garé devant le studio quand on est arrivés.

- Oh, a fait Chuck d'un air pincé, je n'ai pas ton sens de l'observation. Au temps pour moi, Monsieur Holmes !

Thomas, mi-amusé, mi-agacé, a claqué dans ses mains. Les choses sérieuses allaient commencer. Il a attrapé un petit sachet en plastique, et l'a jeté à Vera.

- Vera, à toi l'honneur : je te confie mes cordes de rechange. Si je casse un *mi* aigu, tu es chargée de me la remplacer. Bon, à vrai dire, ça vaut pour n'importe quelle corde, mais c'est en général le *mi* aigu qui y passe.

- La chance ! a fait Vera en rougissant. Je pourrai garder le paquet, s'il en reste ? Comme relique sacrée ?

- Pfff, n'en rajoute pas, va. Allez, on va y aller.

Thomas nous a invités à prendre place de l'autre côté de la vitre : il ne pouvait pas se permettre d'avoir le moindre bruit parasite.

On l'a vu s'installer, bouger un peu les clés de sa guitare (je ne sais pas pourquoi les guitaristes s'accordent toutes les cinq minutes), puis actionner le métronome et commencer à jouer. Évidemment, à ce stade, on ne pouvait pas trop savoir de quoi il s'agissait, puisqu'il ne chantait pas. Mais la suite d'accords était plutôt jolie. Il a fini, a soupiré, puis il a remis ça une fois de plus. Cette fois, il avait l'air content. Deuxième prise seulement : pas mal pour un début ! Il a recommencé l'opération pour deux autres morceaux différents. Le premier a eu l'air d'être bon à la troisième tentative ; le second, dès la première. Thomas a posé sa guitare, puis nous a fait signe de le rejoindre.

- Alors ? s'est empressée Vera. Tout s'est passé comme tu veux ?

- Oui, pour le moment, tout va bien, lui a répondu Thomas en souriant. J'ai encore beaucoup de travail, bien sûr. Si j'étais avec le groupe, j'aurais pu tout faire en une prise, sur la journée... Mais là, évidemment, c'est beaucoup moins simple. Dès que j'aurai toutes les pistes de guitare, il faudra mettre la batterie, le chant, puis la basse... et d'autres guitares, des harmonies.

- Il y en a pour des jours, non ? me suis-je inquiété.

- Oui, probablement. Mais peut-être pas plus d'une semaine, si je suis bien concentré.

- C'est un sacré honneur que tu nous fais, a fait Chuck timidement. Je me demande bien...

- Oui ?

- Oh, c'est bête.

- Je t'en prie, vas-y, pose ta question.

- Ben... Tu dois avoir des tas d'amis célèbres. Des stars. Je n'en reviens pas que tu nous choisisses nous pour assister à cet enregistrement.

Thomas a souri en coin.

- Tu sais, Chuck, la vérité, c'est que je vous ai choisis parce que vous êtes sans aucun doute les plus à même d'apprécier ce moment.

- Ah ? a-t-on fait en chœur.

- Eh oui. Je suis persuadé de ça : vous êtes ceux avec qui j'ai le plus de plaisir à partager ma musique. Parce que vous la prenez juste pour ce qu'elle est.

On n'a rien répondu. Alors, Thomas a ébouriffé la chevelure de Vera, qui a failli s'évanouir. Puis, il a dit :

- Vous devez mourir de soif ? Il fait chaud, ici.

- J'avoue que je ne serais pas contre un petit verre d'eau, a admis Vera.

- Bon. Allez à l'accueil de ma part, je pense que la demoiselle pourra vous dépanner. Je vous attends pour reprendre.

On a pris la suggestion au mot, et on est donc retournés à l'accueil. La demoiselle s'est montrée très cordiale, comme prévu. Elle nous a menés à un réfrigérateur qui comportait beaucoup de canettes de bière, mais aussi des jus de fruits et des sodas. Pendant que l'on choisissait, on a entendu un chien aboyer. Vu que ça venait de l'intérieur du studio, cela ne pouvait être que *le* chien. Pourquoi faisait-il ce raffut ? Avec les animaux errants, on ne sait jamais. Ça a duré un petit moment, puis le chien s'est arrêté. On est alors revenus à la salle d'enregistrement en discutant et en sirotant nos boissons.

Au début, on n'a pas bien compris ce que l'on avait sous les yeux. C'était tellement absurde et tellement inattendu.

Pour commencer, Thomas n'était plus sur sa chaise. Il était étendu par terre, et le tabouret renversé gisait près de son visage. On aurait pu penser qu'il cherchait à se détendre, mais la position était quand même très étrange.

Mais surtout, Miss Kensington avait disparu. Le magnétophone mythique s'était envolé. Pourtant, il devait peser une tonne ! Il n'avait pas pu rouler dans un coin de la pièce ; il n'était simplement plus là. C'était à devenir fou.

Alors, seulement, on a compris que quelque chose de grave était peut-être arrivé à Thomas. On s'est rués dans sa direction, et on s'est rendu compte que son front saignait. Toujours dans la modération, Chuck a hurlé :

- La malédiction a frappé ! Oh mon dieu ! Thomas est mort ! Et c'est de notre faute ! DE NOTRE FAUTE ! Nous n'avons pas su le protéger.

Vera, excédée, lui a plaqué une main sur la bouche.

- Arrête de dire n'importe quoi, veux-tu ? Tu vois bien qu'il respire, sa poitrine se soulève !

J'étais le seul à m'être contenté d'une eau minérale. Alors, sans réfléchir, je l'ai jetée sur le visage de Thomas. Ce dernier a émis un bruit sourd, puis a commencé à se tortiller en portant la main à son front.

- Qu'est-ce qu'il s'est passé ? a-t-il fini par dire.

- Je ne sais pas trop, ai-je fait. C'est plutôt à toi de nous le dire. Tu saignes ! Tu t'es cogné ?

- N... Non... Je ne crois pas. Je ne comprends pas. J'étais en train d'écouter les premières prises au casque et tout à coup... plus rien. Tout est devenu noir.

- On t'a assommé, ai-je fait sans hésiter. Ça me semble clair.

- Assommé ? Mais...

On l'a aidé à se relever. C'est alors qu'il a compris que quelque chose manquait.

- Mais ! Où est le magnétophone ?

Vera, très embarrassée, a dit :

- C'est-à-dire qu'il...

Thomas était comme fou. Il s'est mis à tourner en rond dans la salle, cherchant des yeux le quatre pistes. Mais si celui-ci avait toujours été là, on l'aurait su. Ou plutôt, on l'aurait vu.

- Je ne comprends pas ! Je ne comprends pas ! s'est-il mis à répéter. Qu'est-ce que c'est que ce...

C'est alors qu'un autre acteur a fait son apparition sur le devant de la scène : c'était le chien. Évidemment, il pouvait difficilement être tenu responsable de quoi que ce soit. Mais son aboiement avait probablement été déclenché par quelque chose.

Vera a fait une compresse pour le front de Thomas à l'aide de plusieurs mouchoirs en papier empilés (comment les filles font-elles pour avoir toujours tout ce qu'il faut sous la main ?). La blessure était très superficielle, mais Thomas allait sans doute s'en tirer avec une bien belle bosse. On s'est alors mis à arpenter les couloirs interminables des studios. Comme on était dimanche, ils étaient vides. La demoiselle à l'accueil n'était sans doute là que parce que Thomas avait émis le désir de venir ; sans quoi, c'est tout le bâtiment qui aurait été fermé. Il y avait quelque chose d'un peu angoissant dans cette succession de pièces sombres : je n'aurais pas aimé m'y retrouver seul. Après une bonne demi-heure, il a fallu se rendre à l'évidence : le magnétophone n'était plus entre ces murs.

Thomas est tombé à genoux, et tout en tenant sa compresse d'une main, il s'arrachait les cheveux de l'autre. Vera s'est approchée et lui a dit avec douceur :

- Ne t'inquiète pas... On va le retrouver.

Thomas a soupiré.

- Le retrouver ? Mais comment ? De toute évidence, on vient d'être cambriolés, et l'auteur du méfait m'a assommé ! Je suppose qu'il m'a cogné la tête contre le magnétophone. J'aurais pu y rester.

Chuck n'a pas pu se retenir :

- Je vous avais mis en garde. On ne plaisante pas avec les malédictions.

Thomas lui a jeté un regard noir, qui a mis fin à la conversation pour un temps.

C'est alors que j'ai eu l'illumination.

- Bon sang !

- Oui ? ont fait Chuck et Vera en chœur.

- On est dimanche, non ?

- En effet, m'a confirmé Vera.

- Alors dans ce cas… Pourquoi y avait-il quelqu'un pour changer la bonbonne d'eau ? Cela n'arrive jamais un *dimanche* !

- Qu'est-ce que tu en sais ? m'a opposé Vera. Ici, peut-être que si ?

- Ça me semble évident, quand même.

Thomas est intervenu :

- Non, je confirme que c'est étrange, mais sur le coup, je n'y ai pas pensé. D'habitude, le studio est fermé le dimanche. Il n'y a aucune raison pour qu'un livreur d'eau passe aujourd'hui. J'ai demandé à ce qu'il y ait une personne à la réception exceptionnellement.

- Minute ! s'est indignée Vera. Admettons que ce soit le coupable. Pouvez-vous me dire comment il s'est emparé d'un magnétophone qui pèse trois tonnes et demie ?

- Il pèse moins que ça, ai-je objecté. Et surtout, s'il porte des bonbonnes, il avait sans doute un diable avec lui. Un chariot, je ne sais pas. C'est déjà plus facile.

Thomas a émis un gémissement, et s'est relevé :

- Tu as raison, je le crains. C'est sans doute comme ça que ça s'est passé. Je ne l'ai pas entendu arriver parce que j'avais le casque sur les oreilles. Il m'a assommé, a posé la machine sur son chariot, et il est parti.

- Mais... la dame à l'accueil aurait dû le remarquer ? ai-je demandé.

Thomas a fait la moue.

- Il est peut-être sorti par une autre issue. Ou l'hôtesse n'a tout simplement pas compris ce qui se passait : elle n'a pas l'habitude d'être ici. Avec du culot, on peut tout faire. Rien d'étonnant à voir passer quelqu'un avec du matériel électronique, dans un studio.

À ce moment-là, Chuck a prononcé un mot unique :

- Le chien.

- Oui ?

- Le chien ! Regardez le chien !

On a obéi. Le chien était avachi de manière bien placide, mais entre ses crocs, il y avait un morceau d'étoffe. Vera s'est approchée pour lui retirer, et l'animal n'a pas semblé y voir la moindre objection.

- Je vous parie que c'est un bout de l'uniforme du type qu'on a vu tout à l'heure, a triomphé Vera.

- Peut-être bien, oui, ai-je fait. La couleur semble correspondre. Thomas ?

- Mmm ? Oh, peut-être, je n'avais pas fait attention. C'est lui que Chuck avait pris pour un démon ?

- Oui, a confirmé l'intéressé. Et d'ailleurs, j'avais peut-être raison.

- Ne dis pas n'importe quoi, par pitié, a supplié Vera. En tous les cas, voilà qui explique pourquoi le brave toutou a aboyé.

Thomas, l'air sinistre, a étiré ses membres, puis a déclaré d'un ton glacial :

- Peu importe. À partir de maintenant, c'est du ressort de la police. Je vais aller passer le coup de fil qui s'impose, et je suppose que je vais devoir attendre les policiers. Je crois que ce serait bien si vous rentriez chez vous.

- Mais...

- Il n'y a pas de mais, Dave. Je préfère que vous ne soyez pas mêlés à ça, sincèrement.

- On y est mêlés quoi qu'on fasse, ai-je ajouté. La police voudra forcément nous poser des questions à un moment donné. On est des témoins. Autant que ça soit ici plutôt que chez nous. Non ? Ma mère va tomber dans les pommes si elle voit des képis débarquer chez nous.

Thomas a hésité un moment, puis :

- Bon, ça marche. Merci, les enfants. Heureusement que vous êtes là. J'apprécie, vraiment.

Ça nous a fait plaisir. Mais ce n'était que le début des ennuis.

CHAPITRE V

Les policiers étaient très polis. L'un d'entre eux était en civil, et devait avoir une quarantaine d'années. L'autre portait un uniforme, et n'avait probablement pas beaucoup plus de vingt ans. Celui en civil, l'inspecteur Bonham, posait ses questions à Thomas avec un professionnalisme certain, mais on sentait qu'il était beaucoup plus motivé par ce qui l'entourait. Lui aussi devait être fan de musique. Pour tout dire, assez rapidement, ça s'est senti dans ses questions :

- Monsieur Fitzgerald, je reprends. Vous dites qu'à ce moment, vous étiez seul dans le studio ?

- Oui. Les enfants étaient partis à l'accueil.

- Donc, vous étiez seul avec votre guitare.

- C'est ça.

- Quelle marque ?

- Je vous demande pardon ?

- La marque de votre guitare : par curiosité, de laquelle s'agit-il ?

Thomas a eu l'air embêté.

- Euh... Est-ce vraiment important pour l'enquête ?

- Non, bien sûr. Vous n'êtes pas obligé de me répondre, évidemment.

- Bah... C'est une Gibson Super Jumbo 200.

Le policier s'est arrêté tout net.

- Vous voulez dire, une SJ-200 ?

- Non, je veux dire une Super Jumbo 200.

- Donc, le modèle en bois de rose fabriqué avant 1947 ?

- C'est bien cela, oui, a confirmé Thomas avec une mine un peu crispée.

Le détective a hoché la tête d'un air admiratif.

- Peut-on la voir ?

- La guitare ?

- Oui.

- Vous pouvez, bien sûr, mais une fois encore, pensez-vous que ce soit un élément décisif de votre enquête ?

- Il ne faut négliger aucune piste.

Thomas est allé chercher sa guitare, qu'il avait rangée dans son étui. En la découvrant, l'inspecteur Bonham n'a pu cacher son enthousiasme.

- Elle est absolument superbe, vraiment.

- J'en suis très fier, oui. Maintenant...

- Bien sûr. Où avais-je la tête ? Donc, le voleur n'a pas pris votre guitare.

- Non, il a pris ce magnétophone.

- Pensez-vous qu'il avait une bonne raison de le voler ?

- Franchement... C'est un objet de collection, bien sûr, mais ça ne se vend pas non plus comme des petits pains.

- À combien estimez-vous son prix ?

Thomas a soupiré.

- Eh bien... Aux alentours de 15 000 livres. Je le sais parce que je venais de l'acquérir aux enchères.

- Et votre guitare de collection ?

- Un petit peu moins. Mais les modèles d'avant-guerre coûtent très chers aussi. Un peu plus de 10 000 livres.

- Et j'imagine qu'il y a davantage de demande ?

- Oui, bien sûr. Une guitare ne se démode pas, quand elle est bonne. Les prix n'iront qu'en grimpant.

J'avais peut-être eu tort de penser que le policier prenait l'enquête trop légèrement. Il a fini par surenchérir :

- Bien, nous avons donc une guitare facile à transporter, facile à revendre, dont on peut tirer une somme coquette. Et un magnétophone énorme, lourd comme pas permis, beaucoup plus compliqué à écouler. Pourtant, le voleur semble avoir choisi la difficulté.

- Je n'avais pas vu les choses comme ça, a admis Thomas. Oui, vous avez raison, c'est encore plus étrange que je ne le pensais.

- Sauf, bien sûr, si votre voleur ne connaissait pas la valeur de la guitare. Ce qui est probable. Toutefois...

- Oui ?

- Il me semble évident que son organisation visait à voler le magnétophone, et lui seul. Qu'en pensez-vous, Ferguson ?

Le policier en uniforme était plongé dans une drôle de torpeur. En sursautant à moitié, il a répondu :

- Vous avez parfaitement raison, *Sir*.

Le détective s'est alors tourné vers nous :

- Bien. Les enfants, vous n'avez vu personne à l'exception de ce livreur ?

- Personne, a fait Vera.

- Personne, a confirmé Chuck.

- Fort bien. Vous pourriez le décrire ?

- Difficilement, ai-je dit. On l'a vu de loin. Il portait une casquette, un uniforme sombre. Impossible de se rappeler les traits de son visage. Il avait l'air grand et assez costaud, mais sorti de là...

Chuck a cru bon d'ajouter :

- C'était le diable !

- Le diable ? a fait le policier étonné.

Chuck, les joues rouges, a baissé la tête pour dire :

- Oui, enfin... Peut-être un démon. Allez savoir.

- On ne sait jamais, en effet, a répondu l'inspecteur Bonham avec beaucoup de compassion. Je crois que l'un d'entre vous a vu un camion garé devant le studio ?

- Ah oui, ai-je confirmé. Mais pour être franc, je ne saurais pas vous dire ce qu'il y avait de marqué dessus. Le nom d'une compagnie, peinte en bleu sur de la tôle blanche. C'est tout ce que je peux vous raconter.

- Cela ne va pas beaucoup nous aider, je le crains, mais merci quand même, jeunes gens. Monsieur Fitzgerald, nous vous tiendrons au courant. N'ayez crainte, nous mettrons tout en œuvre pour récupérer votre bien. Encore une petite question...

- Je vous écoute, inspecteur ?

- Le solo de guitare dur *I Feel Glad*, c'est avec une Gibson 335 ?

Thomas a plissé les yeux :

- Oui. Vous avez l'oreille.

Le policier s'est frotté les mains : on ne pouvait, semble-t-il, pas lui faire plus plaisir. Il a fait signe à son acolyte de le suivre, et ils ont quitté le studio. Une fois le calme revenu, Thomas nous a dit, très embarrassé :

- Bien. Désolé de vous avoir mis dans ce pétrin une fois de plus. Je pense que vous n'avez plus qu'à rentrer chez vous. Mon projet tombe à l'eau pour le moment, je crois que je vais aussi rentrer chez moi.

- Mais... Tu ne vas pas enregistrer ton album solo, alors ? s'est étranglé Chuck.

- Si, ne t'inquiète pas. Mais peut-être pas maintenant. Et différemment, sans doute. Merci de votre présence, les jeunes.

On a discuté encore un petit moment, puis il nous a raccompagnés à la porte. Le chien du studio nous a suivis. Là, Thomas a dit :

- Vous ne voulez pas le prendre ?

- Pardon ? ai-je fait.

- Apparemment, il n'est à personne ici. Je ne sais pas s'il pourra rester dans le studio éternellement. C'est un employé qui l'a trouvé, et qui ne voulait pas le mettre au chenil.

Le chien nous a lancé un regard implorant. Alors, Chuck a déclaré :

- C'est d'accord, il vient avec moi !

Je l'ai regardé d'un air soupçonneux :

- Avec toi... Tu es bien sûr que tes parents vont apprécier ?

- On a un jardin.

- C'est vrai, mais vous n'avez pas eu de chien. En général, ça cache quelque chose, non ?

- C'est l'occasion. Et regarde comme il a l'air brave ! Toutes les rock stars ont un chien.

- C'est une *chienne*, a corrigé Vera.

Chuck et moi on s'est jeté un coup d'œil penaud.

- Tu es sûre ? a quand même cru bon de demander Chuck.

- Oui, totalement.

- Mais comment tu... Non, laisse tomber, ok. Mais ça ne change rien. Allez, c'est décidé, on y va !

On était arrivés à trois, on repartait à quatre. Ce qui faisait cinq paires de pattes en tout. Le temps avait un peu tourné ; il faisait gris, et il n'était pas totalement improbable qu'une averse éclate. Nous avons marché jusqu'à la station de bus la plus proche, en silence. C'est Vera qui l'a brisé :

- Les gars, vous en pensez quoi ?

- Il y a quelque chose à en penser? ai-je fait en haussant les épaules.

- Bah... C'est bizarre, ce qu'il a dit, le policier, non ? C'est vrai : pourquoi avoir volé un truc aussi encombrant ?

- Il l'a dit : il ne savait probablement pas la valeur de la guitare.

- Moi, je dis que ça ne colle pas du tout. Il y aurait eu plein d'autres choses à voler dans un studio. Mais apparemment, il savait quel jour venir...

Je l'ai interrompue :

- Évidemment, on est dimanche ! Il se doutait qu'il n'y aurait personne, ou presque.

- Et comment il savait qu'il y aurait Thomas, justement ?

- Il ne savait pas qu'il y aurait Thomas ! Il pensait certainement trouver le studio vide.

Elle a froncé le bout de son nez :

- Réfléchis deux secondes : il était déguisé en livreur d'eau, d'accord ? C'est donc qu'il s'attendait à trouver quelqu'un. Sinon, pourquoi une telle mise en scène ? Il savait qu'il y aurait du monde, c'est sûr.

- Ce n'est pas faux. Bon, ils devaient avoir accès au planning. Ça ne doit pas être si difficile, après tout.

- Probablement pas, en effet.

Plus personne n'a parlé. On était les seuls à attendre le bus : le quartier n'est pas très animé en temps normal, hormis les touristes qui jouent à traverser le passage piéton. Mais le temps maussade avait dû les faire fuir eux aussi. Alors, puisqu'on n'avait rien de spécial à faire, on a décidé de marcher. Et puis, comme ça, le chien allait pouvoir se dégourdir les pattes.

- Au fait, Chuck, a demandé Vera, comment tu vas appeler la chienne ?

- Ah, ça... Je n'y ai pas encore pensé.

Je me suis penché vers l'animal :

- Tu n'as pas de nom, le toutou ?

La bête m'a regardé avec des yeux ronds. Je lui ai fait une caresse.

- Peut-être que je pourrais lui donner le nom d'un de mes musiciens préférés, a dit Chuck. Mais bon, c'est une fille... Voyons...

- En ce moment, ai-je suggéré, tu écoutes beaucoup les vieux disques des Who.

- Oui, et ? Il y a des filles, dans les Who ?

- Non. Mais je pensais au batteur, Keith Moon. Ça serait joli, non, « Moon », pour une chienne ? En plus, je sais comment ça marche, hein : quel que soit le prénom choisi, au bout d'un moment, tu vas réduire son nom à deux, voire une seule syllabe. Moon, c'est pas mal pour ça aussi.

- Moon, a répété Chuck.

- Ça me plaît bien, a validé Vera. Moon. Alors, Moon, tu as faim ?

La chienne a remué la queue. On ne savait pas trop pourquoi, mais ça ressemblait à une confirmation.

Personne n'avait jamais eu de chien parmi nous ; c'était un peu comme si on venait de nous confier tout à coup la garde d'un bébé. Je me suis rappelé avoir vu un chien voler les frites de son maître, au parc, un jour. Mais ça ne représentait certainement pas une base d'alimentation très équilibrée.

- Ah, au fait, Vera ! a commencé Chuck.

- Oui ?

- Tu as toujours le jeu de cordes de Thomas ?

- Oui, au fait.

- Tu ne veux pas me le donner ?

- Tu es malade, ou quoi ? Pourquoi je te le donnerais ? C'est à moi qu'il l'a confié !

- Oui, mais c'est moi le guitariste.

- Et alors ? Fin de la discussion !

Chuck a grogné, et Vera a pris sa mine la plus triomphalement peste. Puis, on a marché une bonne heure, sans but réel. En fait, on suivait Moon plutôt que le contraire. Elle avait l'air de connaître le quartier mieux que nous, et au fond, ce n'était pas plus mal d'évacuer le stress sans se poser de question. Il ne pleuvait toujours pas, mais l'atmosphère se faisait de plus en plus lourde. On avait globalement pris une direction plein sud, vers Hyde Park (ce qui nous éloignait copieusement de chez nous).

Alors qu'on avançait toujours comme des robots, en ressassant dans nos têtes les événements du matin, Moon s'est mise à grogner. On a pensé qu'elle avait aperçu une bête, ce qui n'aurait pas été tellement étonnant - surtout en approche du parc. Mais ce n'était pas une bête qui la faisait ainsi réagir. Elle s'était dressée comme un chien de chasse (dont elle n'avait pas spécialement la silhouette, il faut bien l'avouer), les oreilles droites, les babines retroussées et le regard braqué vers la façade d'un pub. Nous n'avions pas de laisse, et j'étais déjà en train de me demander comment on allait faire pour la retenir si elle décidait de se jeter sur quelqu'un. Alors, on a compris. Devant le pub, il y avait une camionnette stationnée. Et cette camionnette, c'était celle que j'avais vue devant les studios Abbey Road. Celle du livreur d'eau, et potentiellement, celle du voleur. Je n'ai pas eu besoin de m'exprimer : les autres étaient arrivés à la même conclusion que moi.

On s'est approchés doucement. Bien sûr, le doute était encore permis : il pouvait s'agir d'une estafette de la même société, et il n'était pas complètement certain que ce soit *la* camionnette. Toutefois, la réaction de Moon faisait considérablement pencher les probabilités de ce côté. J'avais lu quelque part que les chiens ont un odorat à ce point développé que ça leur donne presque un pouvoir télépathique. Chuck a un peu le même pouvoir quand on le lance dans un *car boot sale* (ce que les étrangers appellent « vide-greniers ») et qu'il plonge sans hésitation vers la seule bonne affaire.

Vera s'est agenouillée près de Moon et l'a caressée pour la calmer. Puis, elle a levé la tête vers nous pour dire :

- Ça serait quand même... une trop belle coïncidence, non ?

- Ce n'est pas forcément une coïncidence, ai-je objecté. Depuis le début, on suit Moon. Je me demande si elle n'a pas tout simplement voulu nous amener ici.

- Tu crois ? C'est peut-être bien possible. Chuck ?

- Hein ? Oh, je n'en sais rien. Mais il n'y a qu'un moyen de le savoir.

- Ah oui ? a fait Vera. Lequel ?

- Rentrer dans ce pub et trouver notre bonhomme. Il y a de fortes chances pour qu'il y soit.

Vera a plissé les yeux.

- S'il y est... je te rappelle qu'il nous a vus dans le studio.

- Bah, sûrement pas très bien ?

- Non, sans doute, mais ça risque de lui mettre la puce à l'oreille.

- On sera discrets.

- Discrets ? Chuck... Nous sommes *mineurs* ! On va forcément nous remarquer !

- On a le droit de rentrer, non ?

Chuck n'avait pas tout à fait tort sur ce point. L'entrée d'un pub n'est pas interdite aux mineurs en soi. D'ailleurs, le pub, chez nous, est une institution beaucoup plus familiale que ne peuvent l'être les bars dans les autres pays. Des adultes peuvent venir avec leurs enfants en bas âge dans un pub : c'est un lieu convivial où tout le monde se mêle, sans distinction de classe sociale ou d'âge. Seulement, il reste assez rare que des adolescents s'y rendent sans adulte, notamment parce qu'il est interdit de servir de l'alcool à des mineurs. On peut boire un soda ou manger, mais ce n'est définitivement pas là où des élèves de collège vont pour se retrouver. Surtout un week-end. Chuck savait tout ça aussi bien que moi, mais je connaissais le regard qu'il nous lançait : on n'allait pas y couper. Je me suis pris le visage entre les mains, haussé les épaules, et on a pris la direction du pub. Moon ressemblait à un porc-épic, avec ses poils d'échine tout droits. Je sentais que tout cela était une erreur. J'ai dit :

- Ok, les amis. C'est parti. Mais j'aimerais qu'il soit bien noté que ce n'était pas mon idée, d'accord ?

Pour ce que ça allait changer...

CHAPITRE VI

On se demande bien comment il aurait pu en être autrement : à peine étions-nous arrivés dans le pub qu'une douzaine de paire d'yeux s'est tournée vers nous. Il y avait un jeune couple (d'ailleurs, peut-être pas encore un couple officiellement, car ils avaient l'air passablement empotés), trois amis en train de disputer une partie de billard, un vieux monsieur pas très frais, et quelques clients assis un peu plus au fond de la salle en plus du personnel. Le barman nous a observés de la tête aux pieds, avec une moue sceptique. Il était à moitié chauve, avec de gros favoris roux et un tatouage de sirène sur l'avant-bras.

On s'est assis à une table vide, sous laquelle Moon s'est glissée en grognant. En général, dans les pubs, le service se fait au bar. Et comme on ne comptait rien commander pour le moment, on se demandait bien dans combien de temps on allait nous mettre dehors.

Chuck était en phase d'« espionnage ». Il scrutait la salle en plissant les yeux, comme si cela allait lui donner une espèce de sixième sens. Au bout d'un moment, Vera n'y tenait plus :

- Chuck… Il faut que tu arrêtes de faire cette tête.

- J'observe, a-t-il chuchoté en guise de réponse. Ne me déconcentre pas.

- Chuck, tu as vu ce qu'il y avait à voir. Inutile de prendre une tête débile pour voir mieux.

Chuck est devenu plus rouge qu'une boîte aux lettres. Consciente d'y être allée un peu fort, Vera a ajouté :

- Bon, tu as vu quelque chose ? Parce que moi non, hein.

- Rien vu non plus, ai-je ajouté à voix basse.

Le fait est que peu après notre arrivée, les consommateurs se sont progressivement détournés de nous. On continuait à ne pas se trouver tout à fait à notre place, c'est vrai, mais personne n'essayait de nous le faire sentir. Jusqu'au moment où le barman a abandonné son comptoir pour venir nous voir.

- Qu'est-ce que vous faites là? a-t-il demandé d'une voix ferme.

On était pris de court. Et dans ces cas-là, on peut toujours faire confiance à Vera pour fournir l'excuse la moins crédible possible.

- On... attend nos parents.

- Vos parents vous ont donné rendez-vous dans mon pub ? Un dimanche ?

- Oui, on... revenait de l'église, ils sont partis faire des courses.

Le barman a souri.

- Dis-moi, ma jolie. Tu me donnes quel âge ?

- Je ne sais pas... Euh... Cinquante ? Non, attendez ! Moins ! Un peu moins !

- Bien. Mais tu me donnes quand même plus de six mois, pas vrai ?

- De... six mois ? Je ne comprends pas ?

Il a durci le ton.

- Tu ne comprends pas? Mais c'est pourtant simple. Pour croire à tes bobards, il faudrait que j'aie moins de six mois d'existence.

On s'est fait tout petits.

- C'est pas une garderie ici, c'est un pub. Si vous avez un truc à fêter, il y a des endroits pour ça, plus appropriés. Si vous voulez rester ici, il faudra me commander quelque chose. J'ai des sodas, et je dois pouvoir vous trouver des jus de fruits. Mais c'est pas un jardin public, mon pub. Compris ? Après, j'aimerais quand même savoir si vos parents savent que vous êtes là. Non, attendez, ne me répondez pas : je suis sûr que non. Alors on va faire ça : je vous offre une limonade maison à chacun, et vous me débarrassez le plancher. Ça vous va ?

On n'arrivait pas trop à savoir s'il était très mal luné ou, au contraire, plutôt gentil. Finalement, c'était peut-être la seconde solution.

- Euh, d'accord, Monsieur.

Il a tourné les talons, et est allé déboucher une bouteille. Il a rempli trois verres, les a posés sur la table et nous a dit :

- Allez, ne traînez pas. Je suis sûr que vous avez école demain.

Moon a sorti son museau de sous la table et lui a léché la main. Ça lui a soutiré un sourire, et il a tapoté la bonne tête du chien.

Une fois que nous avons été à nouveau seuls, j'ai dit :

- Bon. Notre type n'a pas l'air d'être là, on est d'accord ?

- Oui, à peu près d'accord, a acquiescé Vera. On ne l'avait pas bien vu, mais... Je ne vois personne qui correspondrait à sa silhouette. On a fait fausse route.

Chuck a jeté un coup d'œil à travers la fenêtre qui donnait sur la rue. La camionnette n'avait pas bougé.

- Et si... a-t-il commencé.

- Oui, Chuck ?

- Peut-être que le type est dans l'arrière-cour, un truc du genre. Qu'on ne le voit pas, et qu'il est en train de déballer son butin. Le barman est peut-être son complice.

J'ai soupiré :

- Chuck, il y a beaucoup de maisons dans cette rue. Tu as dû remarquer qu'en général, quand on cherche une place pour se garer, il est assez rare qu'on arrive à en trouver une juste *devant* l'endroit où on se rend ?

- Ah, ça ! Mon père râle assez.

- Oui, eh bien, ce que je voulais dire, c'est qu'il y aurait quand même eu une très faible chance pour que ça soit le cas pour notre voleur. D'ailleurs, rien ne prouve que cela soit sa camionnette. Il doit y en avoir des dizaines identiques.

- N'oubliez pas la réaction de Moon, a surenchéri Vera. C'était quand même curieux qu'elle nous ait amené jusqu'ici.

Je lui ai concédé :

- Bon, c'est pas faux. Finissons nos verres et allons-nous-en. Le barman est bien gentil de ne pas nous faire payer.

La suggestion a été retenue, et on a avalé notre limonade pratiquement d'une traite. Après quoi, on est sortis non sans avoir remercié chaleureusement le barman (qui était ravi de nous voir lever le camp).

Chuck s'est alors approché du fameux camion. Et sans qu'on s'y attende, il a posé la main sur la poignée de la double porte arrière, et l'a ouverte. Vera a protesté. J'allais manifester mon opposition, mais quelque chose nous a coupé net dans notre élan. Et ce quelque chose, c'était cette masse noire et rectangulaire qui se dressait, au fond du compartiment, parmi un empilement de caisses.

Le Studer J37. Miss Kensington. Elle était bien là.

- Oh mon dieu ! a fait Vera en se cachant la bouche avec les deux mains.

- Je vous l'avais dit ! a triomphé Chuck.

J'ai secoué la tête :

- Mais ils sont malades ! Pourquoi ils n'ont pas fermé la porte ?

- C'est pas notre problème, a grommelé Vera.

- Bon, on fait quoi maintenant, au juste ? Je suppose que le camion ne va pas rester là éternellement !

- En effet, a répondu Chuck. Il faut agir vite !

En une seconde à peine, il avait sauté dans le compartiment. À notre plus grande horreur.

- Chuck, descends ! ai-je crié. Tu vas te faire repérer, tu es malade ! Qu'est-ce que tu fabriques, bon sang ?

- Je vais le pousser vers vous.

Je ne savais plus quoi dire pour exprimer ma colère et mon angoisse :

- Et après, on le met sur notre dos et on repart avec ? Descends, enfin !

- Vite ! a insisté Vera.

Mais Chuck, têtu comme une mule, ne l'entendait pas de cette oreille. J'ai alors sorti mon téléphone portable pour faire le 999, le numéro d'urgence de la police londonienne. Mais c'était déjà trop tard : alors que j'en étais encore au premier « 9 », deux hommes sont apparus un peu plus loin sur le trottoir. Ils sortaient bien d'un pub... mais pas du nôtre. J'ai fait signe à Chuck de descendre, mais comme lui n'avait rien vu depuis l'intérieur, il pensait que je voulais encore mettre un frein à son initiative. Il ne nous restait sans doute que quelques secondes avant d'être découverts.

Alors, Vera a fait quelque chose.

Ce n'était peut-être pas ce que j'aurais fait moi, en réalité, mais j'ai toujours admiré les personnes qui arrivent à prendre des décisions rapidement. Même si en l'occurrence, cette décision consistait à claquer la porte, me tirer par la manche pour nous cacher derrière une voiture... et laisser Chuck dans la camionnette.

Les deux hommes se sont approchés. J'ai vu l'un sortir un trousseau de clés et appuyer sur un bouton. En l'absence de « clic », l'autre a lancé :

- Clive, triple buse, tu avais oublié de verrouiller les portes ?

- Mmm... On dirait, ouais.

- Espèce de crétin. Pourquoi je t'ai mis sur ce plan ?

- Je ne sais pas, Mike. Parce que tu m'aimes bien, je suppose.

- Non, non, non. Ça ne doit pas être ça, il y a forcément une meilleure raison. Parce qu'en ce moment, je peux te dire que je ne t'aime pas. Mais alors, pas du tout ! Tu imagines si un *bobby* était passé par là ?

Le dénommé Mike a regardé autour de lui, soudain soupçonneux. J'avais reconnu sa carrure : c'était, sans nul doute, l'homme qui avait dérobé le magnétophone. On s'est fait tout petit dans notre cachette, en priant pour que Chuck ne se fasse pas remarquer de son côté. Seulement, dans le feu de l'action, on avait oublié quelque chose. Ou plutôt, quelqu'un. Et ce quelqu'un s'est soudain mis à grogner très fort.

- Mike, t'as entendu ?

- Oui. Fait un drôle de bruit, ce moteur.

Il a fallu encore quelques petites secondes aux deux malfrats pour s'apercevoir que le bruit ne venait pas d'un véhicule mais de Moon, plantée sur le trottoir, les crocs luisants et les poils hérissés.

- Mince, qu'est-ce qu'il nous veut, ce chien ?

- Chais pas, Mike.

- Mais...

- Quoi ?

- On dirait le chien que j'ai vu dans le studio ! Celui qui m'a arraché un bout de pantalon ! Regarde la marque.

Mon cœur s'est mis à battre plus fort.

- Mmm... Tu es certain ?

- Presque. Enfin, il lui ressemble beaucoup.

Clive s'est caressé le menton.

- Ça me paraît énorme qu'il nous ait suivis, quand même. Je n'ai pas eu le temps de bien regarder, au studio, j'avais pas trop le temps. Mais je parierais quand même que c'est lui.

Moon a poussé un premier aboiement. Puis un deuxième. La rue était calme, mais tout cela risquait de très mal tourner pour nous si elle continuait à donner l'alerte ainsi.

- Bon, ça restera un mystère, a fait Mike. Dommage qu'il nous en veuille. J'aime bien les clébards.

- Ah, moi je suis plus chats, a répliqué Clive en toute innocence.

Mike l'a fusillé du regard, et tous les deux, ils ont

reculé du côté rue, sans tourner le dos à Moon qui menaçait de leur sauter dessus. Mais prudente, la chienne n'en a rien fait. Quelques instants plus tard, Mike et Clive étaient à l'intérieur du véhicule, mettaient le contact et filaient.

J'ai jeté un regard perdu à Vera.

- Dave ! Qu'est-ce qu'on va faire ? Chuck ! S'ils le trouvent...

Moon, toujours hors d'elle, a trotté jusqu'à nous.

- Je... Bon, attends, pas de panique. On va appeler la police et donner le numéro de la camionnette. Ils vont la retrouver tout de suite.

Rassurée, Vera a répondu :

- Oui, tu as raison, ça devrait aller vite. Je vais appeler avec mon téléphone. Tu as un stylo ?

- Pour ?

- Pour noter le numéro d'immatriculation avant qu'on oublie.

- Ah oui, bonne idée. Attends, je crois que j'ai un bout de crayon au fond d'une poche.

J'ai fouillé, et fini par trouver, en effet, ce qu'il restait d'un crayon de bois. Vera a sorti un vieux ticket de sa veste, et s'est alors figée :

- Ok, Dave, vas-y.

- Vas-y quoi ?

- Le numéro. La plaque. Hello-o ?

J'ai paniqué.

- La plaque... mais... Vera, je pensais que tu l'avais *mémorisée* !

- Quoi ?

- Pardon ? Vera ? Tu n'as rien retenu ?

- Mais c'est toi qui en as parlé !

- Oui, parce que je me disais qu'une fille serait plus attentive. Enfin pour moi, ça tombait sous le sens !

- *Oh my God!* Tu veux dire que tu n'as pas la moindre idée du numéro de cette plaque ?

- Mais non !

J'aurais voulu disparaître dans un trou : c'était vraiment trop stupide. De notre part à tous les deux. Vera a secoué la tête, comme pour chasser des pensées parasites, puis a regardé en direction de la chaussée. Et tout à coup, elle s'est dressée, le bras tendu.

- Hep ! a-t-elle crié.

Presque aussitôt, un taxi s'est arrêté à notre hauteur.

- Vera, ai-je dit d'une voix blanche, ne me dis pas que tu veux faire ce que je crois que tu veux faire.

- On n'a plus le choix. On improvisera en route.

Le chauffeur a eu un geste d'impatience. Vera a ouvert la portière, et a fait signe à Moon de la rejoindre. Je n'avais plus qu'à l'imiter.

- Droit devant ! a fait Vera. Dès que vous repérerez une camionnette blanche, il faudra la suivre !

Le chauffeur a poussé un soupir, mais il n'avait pas l'air plus embêté ou étonné que cela. Nous avons roulé jusqu'à ce que la route tourne légèrement sur la droite ; la camionnette demeurait invisible. Après quelques dizaines de mètres sur cette nouvelle portion, j'ai étouffé un cri de joie : elle était un peu plus loin, arrêtée à un feu. Mais toujours trop loin pour qu'on puisse voir distinctement la plaque.

- C'est cette camionnette ! a crié Vera. Suivez-la !

- Ouais ? Jusqu'où ? a demandé le chauffeur. Vous avez de quoi payer ?

Ce n'était pas une mauvaise question. Vera a regardé dans son portefeuille, où deux billets de dix livres flambant neuf attendaient d'être dépensés. Elle a murmuré :

- Adieu, nouveau T-shirt.

Puis, à plus haute voix :

- Pas de souci, Monsieur, on a ce qu'il faut ! Enfin, pour le moment.

Comme tout bon chauffeur londonien, le nôtre n'a pas jugé bon d'ajouter quoi que ce soit.

L'avantage des taxis, à Londres, c'est qu'on a toute la place qu'on veut à l'arrière. Comme il n'y a pas de coffre, l'habitacle passager est aménagé comme dans le métro, pour que l'on ait deux rangées face à face et pas mal de place au milieu. Moon, du coup, s'était plaquée au sol, attendant la suite des événements.

On a continué à rouler un bon moment, après avoir longé Hyde Park par l'Est. La camionnette prenait une drôle de route. On a traversé la Tamise une première fois, en passant par le Vauxhall Bridge. En général, il y a pas mal d'embouteillages, mais une fois encore, en ce dimanche, c'était plutôt calme. À l'autre bout du pont, sur notre gauche, il y avait le siège du MI6, les fameux services secrets dont fait partie James Bond. Je m'étais déjà fait la réflexion que ça ressemblait beaucoup à des immeubles de bureaux lambda, et pas tellement à un quartier général de super-héros. Ça manquait de tourelles qui tirent des lasers et de robots volants en patrouille. Mais je suppose que la réalité de l'espionnage est moins spectaculaire que dans les films.

Après cela, on s'est rendus jusqu'à Elephant & Castle, plus au Nord. De là, on a encore repassé un méandre de la Tamise dans l'autre sens, en empruntant le mythique Tower Bridge.

Notre chauffeur savait y faire : il suivait la camionnette discrètement, sans lui coller à l'arrière-train. Au bout d'un moment, Vera a laissé échapper :

- Pauvre Chuck... Il doit être mort de peur. On ferait peut-être bien d'appeler la police dès maintenant !

- Tu as raison. D'autant qu'on doit pouvoir lire la plaque, maintenant, si on s'approche assez. Monsieur ?

- Ouais ? Ça y est, vous n'avez plus de sous ?

Le compteur marquait 14 livres. Ça ne pouvait pas durer beaucoup plus longtemps. J'ai répondu au chauffeur :

- Si vous pouviez vous approcher discrètement ? Il faudrait qu'on puisse lire la plaque !

- Pourquoi pas, a fait le chauffeur. On n'est plus à ça près.

Il a fallu un petit moment pour que l'on se trouve suffisamment proche. Vera a alors pris une photo de l'arrière de la camionnette avec son téléphone. Ce n'était pas très pratique de la prendre depuis le taxi, mais on voyait suffisamment.

- Je vais l'envoyer directement à la police via Internet, a-t-elle déclaré.

- Tu es sûre que c'est le plus rapide ?

- Je suppose. Comme ça ils auront toutes les informations.

Je l'ai alors vue tapoter sur son smartphone avec frénésie, pester contre la mauvaise réception, puis finalement triompher.

- Ah ! Je suis sur la bonne page. Il faut répondre à des questions. « Est-ce que le crime a lieu en ce moment même ? ». Je réponds quoi ?

- Pardon ? À ton avis !

- Je mets « oui » ?

- Évidemment ! Ça a pas eu lieu hier ! Chuck est en train de se faire enlever *maintenant* !

- Bon, je regarde pour les questions suivantes...

Zut, je ne vois pas comment envoyer une pièce jointe.

- Vera, tu ne penses pas qu'un coup de fil irait plus vite ?

- Mais non : c'est toujours mieux par Internet ! Au téléphone, on ne nous prendrait pas au sérieux.

- Si tu le dis, hein...

Le chauffeur ne pouvait s'empêcher de nous entendre.

- Hey, les *kids*, vous me faites faire quoi, au juste, là ? Je veux pas d'ennuis, moi, hein !

Cette inquiétude venait un peu tard, à mon sens.

- Dites donc, ai-je rétorqué, il fallait vous poser la question un peu plus tôt !

Il n'a rien répondu, et la voiture a continué à rouler, plongeant cette fois vers le sud. Je comprenais un peu mieux ce qui se passait : depuis le début, les ravisseurs de Chuck avaient en tête de se rendre sur l'Île aux Chiens.

L'Île aux Chiens, ce n'est pas vraiment une île. Il s'agit en fait de la portion de Londres comprise dans l'une des boucles les plus serrées de la Tamise. Quand on est là, il n'y a qu'au Nord où l'on n'est pas bordé par le fleuve. Cette zone fait partie de ce que l'on appelle aujourd'hui les Docklands. Dans le temps s'y trouvaient tous les entrepôts où les navires de commerce venaient décharger leur marchandise. C'était l'époque où Londres était le plus grand port de commerce au monde ! Aujourd'hui, ce secteur a beaucoup changé. C'est devenu une petite « City », avec de grands et beaux immeubles qui abritent des entreprises, des salles de conférences, et d'immenses bâtiments pour les conventions et les grands événements. Autant dire que pour un adolescent londonien, c'est une sorte de *no man's land*, où il n'y a rien de bien passionnant à voir.

Quant à l'Île aux Chiens - ou « Isle of Dogs » - proprement dite, on ne sait pas vraiment d'où elle tire son nom. Elle s'est plus ou moins toujours appelée comme ça, mais il n'y a pas plus de chiens qu'ailleurs. Certains affirment qu'elle abritait beaucoup de canards sauvages, et que « *dogs* » est la déformation de « *ducks* ». Peu importe : tout le monde l'appelle comme ça, aujourd'hui, sans même plus se poser la question.

Le compteur affichait 18 livres : notre crédit allait être bientôt entièrement consommé.

La camionnette a foncé vers l'extrême sud de « l'île », pour emprunter finalement une rue appelée Ferry St. C'était assez miraculeux de ne pas avoir été remarqués : notre chauffeur, pendant les dernières minutes, ne s'était pas révélé de la plus grande discrétion.

Les malfrats ont arrêté leur véhicule dans une petite cour, encerclée par de hauts bâtiments en brique sombre. On pouvait voir la Tamise tout au bout. J'ai demandé au chauffeur de se garer plus loin, ce qu'il a fait de bonne grâce.

- Ça fera donc 19 livres et 25 pence, a annoncé le chauffeur.

Vera lui a tendu ses deux billets. Le chauffeur les a considérés un moment, puis a saisi un seul des deux billets.

- Bon, écoutez... je sais pas trop ce que vous fabriquez, les *kids*, mais j'ai l'impression que vous risquez d'avoir encore un peu besoin de ces dix livres. On est quittes.

- Mais...

- Oh, c'est bon, hein. Je sais que je vous ai un peu titillés, mais vous avez des bonnes têtes. Je serai pas plus pauvre ce soir. Allez, sortez de mon taxi, maintenant !

On l'a remercié chaleureusement, et on est sortis en vitesse.

Maintenant, il allait falloir la jouer très finement.

CHAPITRE VII

La camionnette semblait garée pour un bon moment. On pouvait imaginer que ses occupants avaient déjà décampé, mais il était difficile de s'en assurer sans s'approcher davantage du véhicule. Le problème, c'est que si nous avancions dans la cour, nous risquions d'être en terrain presque totalement découvert. Et comme Moon s'était déjà manifestée une fois, notre compte était bon s'ils la repéraient encore. Avant d'aller plus loin, j'ai donc dit à Vera :

- Bon, je crois qu'il est temps de passer un vrai coup de fil à la police. Inutile de faire n'importe quoi, c'est peut-être dangereux. Là, on a une adresse, on a tout ce qu'il faut. Ok ?

- Bien, tu as sûrement raison.

Vera a composé le 999. J'ai collé mon oreille le plus près possible du téléphone, pour entendre moi aussi la conversation. Peu après, une voix féminine a répondu :

- Metropolitan Police, j'écoute ?

- Bonjour, Madame ! Je voudrais rapporter un crime.

- Je vous écoute ?

- C'est-à-dire que j'ai déjà envoyé un message via votre site.

- Très bien. De quoi s'agit-il ?

- Un vol de magnétophone. Et l'enlèvement d'un copain, aussi !

Il y a eu un silence, puis :

- Les deux événements sont-ils liés ?

- Oui. Notre copain a été enlevé par les gens qui ont volé le magnétophone.

- Je vois, a fait la dame qui ne voyait en fait rien du tout. Pouvez-vous m'indiquer une adresse ?

- Alors, oui... On est à Ferry St, sur l'Île aux Chiens. Et euh... plus précisément devant une cour qui s'appelle Felstead Wharf. Venez vite !

- Votre nom ?

- Vera Spencer.

- À quel numéro pouvons-nous vous joindre ?

– À celui-ci ! Dépêchez-vous !

L'agent de police, au téléphone, semblait vouloir poser encore quelques questions. Mais à ce moment-là, ce qui devait arriver est arrivé : j'ai aperçu les deux types qui sortaient d'un bâtiment et retournaient à leur camionnette. Ils allaient ouvrir la portière arrière. Chuck était refait.

J'ai fait signe à Vera, qui a changé de couleur en voyant la scène. Machinalement, elle a raccroché. Mais ce n'était pas le moment de protester : un petit muret bordait la cour, où nous n'avions pas encore osé nous aventurer, et nous nous sommes plaqués contre lui. Ce n'était pas facile de faire tenir Moon en place, car son flair ne la trompait pas : à la tête qu'elle faisait, elle savait que les agresseurs de Thomas ne devaient pas être bien loin. Je l'ai donc serrée contre moi, une main autour de sa gueule. Elle avait bon caractère : elle aurait très bien pu me mordre.

De là où on était, on pouvait entendre le bruit d'un chariot que l'on fait rouler, et une certaine agitation. Rien, toutefois, n'indiquait que Chuck avait été découvert. Une fois le bruit du chariot devenu inaudible, on a pris notre courage à deux mains, et on s'est aventurés dans la cour. Il n'y avait pas une très grande distance entre nous et la camionnette, mais nous avons décidé de la parcourir en nous cachant régulièrement derrière les rares voitures qui étaient garées tout le long du bâtiment. Le calme était total, et le danger peut-être écarté, au moins provisoirement.

Une fois parvenus près de la camionnette, j'ai chuchoté :

- Bon, a priori, ils sont dans ce grand bâtiment en briques. Ça ressemble à un entrepôt, c'est l'endroit idéal pour décharger le butin.

- Et Chuck ?

- Je suis sûr qu'ils ne l'ont pas encore trouvé, sinon, on aurait entendu quelque chose.

- Mais alors, où est-il ?

- Peut-être qu'ils...

À ce moment-là, j'ai entendu un bruit de tôle que l'on frappe. Cela venait de la camionnette.

- Euh... Chuck ? a fait Vera sans conviction.

Le bruit a repris.

- Chuck, c'est toi ? Tape un coup pour oui, deux coups pour non !

Un coup seulement a retenti contre la carrosserie. Mais je préférais être sûr de mon coup :

- Chuck, si c'est toi... Tu peux battre l'intro de *Good Times, Bad Times* de Led Zeppelin ?

Aussitôt, une rythmique compliquée a commencé à faire vibrer les parois de la camionnette. La preuve était faite : je savais que Chuck était capable de battre ce rythme sur absolument n'importe quoi. Même sans rien qui ressemble de près ou de loin à une batterie.

- Chuck, c'est bon, c'est bon, ai-je poursuivi. Si tu nous entends, c'est a priori qu'on t'entend aussi. Peut-être qu'au lieu de faire du morse, tu pourrais parler ?

Il y a eu un silence, puis la voix de mon cousin a retenti, très étouffée :

- Ouais, pas bête.

Vera et moi étions très soulagés.

- Ouf ! a fait Vera. Tu vas bien ?

- Je crois. Je me suis caché dans une grande caisse, ils ne m'ont pas vu.

- Super, tu as eu de la chance. Je viens t'ouvrir.

Seulement, cette fois, Clive avait appris sa leçon : la porte était verrouillée.

- Chuck, ai-je repris, on n'a pas de bonnes nouvelles : la porte est fermée. Tu peux l'ouvrir de l'intérieur ?

- Nan, j'ai déjà essayé.

- Ah...

Vera et moi, on s'est regardés, un peu perdus. J'ai dit :

- Chuck, ne t'inquiète pas trop, la police est prévenue et ne va pas tarder. Je pense que le mieux, c'est que tu restes là en attendant.

- Bon, pourquoi pas. N'allez pas vous faire pincer.

Hélas, les choses étaient un poil plus compliquées que cela. Parce que Clive et Mike, nos joyeux voleurs, n'ont pas tardé à ressortir de l'entrepôt. Heureusement, ils parlaient très fort et on a pu anticiper leur arrivée. Mais on n'avait clairement pas le temps de trouver refuge derrière une voiture, cette fois. Il n'y avait guère qu'une chose à faire : aller sous la camionnette, se plaquer au sol, et espérer que personne ne nous remarquerait.

En soi, ce n'était pas si compliqué : il y avait bien assez d'espace entre le sol et le châssis du véhicule. Le problème, une fois encore, c'était Moon. Parce qu'on ne peut pas demander à un chien qu'on ne connaît que depuis quelques heures de se transformer en phénomène de cirque. Comme on pouvait le craindre, donc, Moon est restée plantée devant l'arrière de la camionnette, les crocs luisants. J'avais peur de tousser, d'éternuer, voire de respirer. Je ne pouvais pas tourner la tête vers Vera, mais je supposais qu'elle était dans le même état que moi. Tout ce qu'on voyait, c'étaient les pieds de Clive et de Mike qui longeaient la camionnette en discutant. Et cela donnait à peu près ceci :

- Mike ! Regarde ! Le chien !

- Alors ça...

- C'est toujours le même, tu crois ?

- Ça y ressemble fort.

Un grognement désormais caractéristique s'est élevé.

- Mike, tu peux m'expliquer pourquoi il est encore là ? Il n'a pas pu venir tout seul, pas vrai ?

- Je ne sais pas... Tu sais, il y a des chiens qui font parfois des kilomètres pour retrouver leur maître.

- J'ai déjà entendu ce genre d'histoires, Mike. Mais ça n'explique pas comment il a fait pour aller aussi vite que nous. Voire plus vite. Il a une Oyster Card ?

- Ne fais pas le malin.

- Ben, je fais pas le malin, mais n'empêche que je comprends pas trop. Tu ne penses pas qu'il est venu avec *quelqu'un* ?

Mike a regardé autour de lui. Une chance, notre cachette était trop improbable pour qu'il y songe.

- Je reconnais que c'est bizarre, Clive. Du coup, on va peut-être pas traîner.

- C'était pas l'idée, de toutes les manières.

- Oui, enfin je veux dire, on va essayer d'être encore plus rapides que prévu, ok ?

Clive a dû acquiescer d'un geste invisible pour nous. Puis, on l'a entendu ajouter :

- En même temps, je réalise qu'on est sur l'Île aux Chiens. C'est peut-être normal, tout ça.

- Clive, si tu pouvais arrêter d'être idiot ?

- Oh, ça va, je faisais juste de l'humour. On fait quoi, en attendant ? Parce qu'il a pas l'air de vouloir nous laisser passer ! Mmm, tu as un bâton ?

- Pourquoi je me baladerais avec un bâton ?

- Je sais pas. Tu crois qu'on peut approcher sans danger ?

On ne pouvait plus voir ce qui se passait, car nous étions allongés la tête vers l'avant de la camionnette, à plat ventre, et la scène se déroulait derrière nous. Mais on a entendu un aboiement qui semblait montrer que la réponse à la dernière question était « non ».

- On va pas se faire embêter par un chien, quand même ! Mike ?

- Quoi ? Me regarde pas comme ça, je sais pas quoi faire non plus !

- On devrait peut-être retourner à l'entrepôt chercher une arme. On doit avoir ça, dans les outils.

- Qu'est-ce que tu as en tête ? Tu veux frapper cette bête ?

Il y a eu un moment de silence.

- Euh... oui, Mike. Que faire d'autre ?

- Tu ne lèveras pas la main sur cet animal. On est en Angleterre : les animaux ont des droits.

- Oui, et les gens aussi. Par exemple, on n'a pas le droit de les voler. Et pourtant, c'est ce qu'on vient de faire.

- Ça n'a rien à voir.

- Mike, c'est toi le chef, mais... la bête en question nous empêche de récupérer ce dont on a besoin.

- Peut-être... mais je ne supporte pas qu'on fasse du mal aux bêtes.

- Tu suggères quoi ?

- On peut peut-être convaincre ce chien qu'on n'est pas ses ennemis. Tu as quelque chose à manger ?

- Mmm... oui, dans la camionnette, à l'avant. J'ai une barre Cadbury Fruit & Nut.

- Ah, ça n'ira pas. C'est pas bon pour les chiens, le chocolat.

- Parce que tu crois qu'il y a beaucoup de chocolat, dans une barre Cadbury ?

- Clive, j'ai été clair ? Pas de chocolat pour le chien !

Clive semblait perdre patience.

- Mike, je suis désolé, je n'avais pas prévu de prendre de la pâtée pour chien avec moi. Tu m'en veux pas ? Je crois que je suis momentanément à court de croquettes aussi !

- Surveille ta bouche, Clive. Ne me parle pas comme ça.

- Comme quoi ?

- Avec ce ton ironique. Je n'aime pas ça du tout.

- Ok, a repris Clive sur un mode plus apaisé, voyons voir... Je pense que j'ai aussi des chips dans la boîte à gants. Ça va, ça rend pas les chiens malades, les chips ?

- Non, ça va, je suppose. Va chercher ça.

Clive s'est exécuté : j'ai vu ses grosses chaussures de chantier passer à quelques centimètres de mon visage. Il s'est arrêté à l'avant du véhicule, a ouvert la portière, et après quelques secondes, il est reparti vers son acolyte. On l'a entendu dire :

- Tiens le toutou ! Prends donc les bonnes chips !

Un instant est passé, puis Clive a protesté :

- Ça n'a pas l'air de le calmer.

- C'est parce que tu lui donnes mal.

- Ah, désolé, j'aurais dû mieux écouter à l'école quand on nous a expliqué comment donner des chips à des chiens errants.

Mike n'a pas répondu immédiatement. Puis :

- Clive... tu étais encore ironique ? Je t'ai prévenu.

- Ça va, ça va. Bon. Je te laisse faire, hein.

Il nous a semblé que les grognements s'atténuaient. Peut-être que ce Mike savait s'y prendre avec les chiens, après tout. Et puis, finalement, Clive a poussé un cri de soulagement.

- Ouf ! Il a l'air de s'être calmé ! Je vais enfin pouvoir ouvrir ce hayon.

- C'est une chienne, au fait. Ça se voit.

- Ah ? J'ai pas fait attention au...

- Je parle pas de ça, crétin. Tu n'as pas vu son doux regard ?

- Non, Mike, je n'ai pas vu son doux regard quand elle s'apprêtait à nous mettre en morceaux. Désolé. Bon. Je récupère les outils et on y va.

Clive est enfin monté à l'arrière de la camionnette. Il fallait espérer que les outils en question ne se trouvaient pas précisément là où Chuck avait élu domicile.

- On fait toujours comme on a prévu ? a demandé Clive.

Sa voix résonnait en écho étouffé.

- Oui, oui. Dès qu'on a ouvert le magnéto, on prend le camion et on y met le feu en rase campagne.

J'ai cru que j'allais crier. J'ai senti Vera qui s'agrippait à mon mollet pour ne pas en faire de même. Si la police n'arrivait pas, si tout cela prenait plus de temps que prévu, on risquait de voir les deux voleurs repartir avec leur camionnette, notre Chuck à l'intérieur et promis à un sort très désagréable.

- C'est bon, j'ai ! a indiqué Clive. On va pouvoir y aller.

- Parfait. Tu refermes bien en sortant, je t'attends dedans.

Nous avons attendu que les pas s'éloignent à nouveau pour sortir de notre cachette. Moon était occupée à lécher l'intérieur du paquet de chips, et la double porte arrière avait été verrouillée à nouveau.

- Chuck ! j'ai fait. Tu es encore là ?

- Ouais, m'a répondu une voix tremblante. Je suis là. Et j'ai tout entendu.

- Ne t'inquiète pas, la police va arriver.

- Oui, tu sais quand, à peu près ? Je veux dire : avant ou après qu'ils vont me brûler vif ?

- Euh, théoriquement, avant, hein.

Je n'étais pas sûr d'avoir été très rassurant.

- Bon, a poursuivi Vera, on va tâcher de te faire sortir de là tout de suite.

- Ah oui ? ai-je fait, un peu étonné. On va faire comment ?

- On va leur piquer les clés.

- Ah mais bien sûr ! ai-je dit en me frappant le front. C'est aussi simple que ça. On prend les clés, on ouvre, on s'en va, et on va manger une glace du côté de Little Venice.

- Oh, ça va. Je sais bien que ça ne va pas être facile. Mais Chuck ! On te laissera pas tomber. Reste bien caché, en attendant.

- Je vois pas ce que je peux faire d'autre, a répondu Chuck d'une voix mourante.

On s'est éloignés. J'ai dit à Vera :

- Tu étais sérieuse, il y a deux secondes ?

- Oui. Avec un peu de chance, ils auront posé les clés quelque part, et on pourra s'en emparer.

- Mais Vera... Tu es au courant que je ne suis pas Batman, et que toi, tu n'es pas Black Widow ? On ne sait absolument pas ce qu'il y a derrière la porte de cet entrepôt ! On ne sait même pas comment y entrer ! On ne sait pas non plus s'ils ne vont pas revenir dans deux secondes !

- Raison de plus pour ne pas traîner. Ramène-toi. Moon, tu montes la garde !

Vera m'a tiré par la manche, et on a dépassé la porte par laquelle les deux voleurs s'étaient évanouis. On était à la recherche d'une quelconque entrée dérobée, et la chance nous a souri assez vite.

Immédiatement à droite, le mur du fond de l'entrepôt possédait une petite fenêtre demeurée entrouverte. Un volet roulant en toile empêchait le soleil de passer, mais il était très simple de se glisser à l'intérieur par là. J'ai préféré prendre les devants, mais avant, j'ai posé mon regard à hauteur du rebord. De là, j'ai pu voir une grande salle remplie de cartons de tailles et formes diverses, au milieu de laquelle Clive et Mike s'affairaient. Miss Kensington était là, entourée d'outils. Clive avait retiré sa veste pour être plus libre de ses mouvements, mais rien ne nous prouvait que celle-ci contenait bien les clés. Et quand bien même : il l'avait posée sur une caisse, pas très loin derrière lui, et il était pratiquement impossible de l'atteindre sans être vu.

- Ça se présente comment ? a fait Vera.

- Mal, si tu veux mon avis.

- À ce point ?

- Oui. Je pense qu'on ferait mieux d'attendre patiemment la police. Ils ne vont pas tarder, c'est obligé.

- Et prendre le risque de les voir repartir avec Chuck ? Jamais de la vie !

- Oh là... Dès qu'on parle de Chuck, forcément...

Vera a froncé les sourcils.

- On peut savoir de quoi tu parles ?

- Je dis juste que tu t'inquiètes beaucoup pour Chuck, voilà tout.

- C'est normal, c'est mon ami, non ?

- Oui, oui, oui, bien sûr.

- Ça veut dire quoi, ce « oui, oui, oui » ?

- Oh, laisse tomber, tu m'as très bien compris.

- Non, je n'ai pas compris, justement. Alors si tu m'expliquais, Dave ? Tu crois que je ne ferais pas ça pour toi ? Alors justement, apprends que...

- Je ne suis pas sûr que ce soit le moment.

Vera a secoué la tête.

- Les garçons, ça ne comprend rien à rien, hein ?

- Quoi ?

- Rien. Tu as raison : ce n'est pas le moment.

Vera m'a gentiment poussé pour se mettre à ma place. Puis, sans hésitation, elle s'est hissée à plat ventre sur le rebord, et a basculé de l'autre côté. Je ne pouvais plus faire autre chose que l'imiter. On a atterri tous les deux derrière un empilement de cartons qui nous protégeait provisoirement. Mais, bien entendu, on courait le risque d'être découverts à tout moment.

- Clive ? a fait Mike. Tu n'as pas entendu quelque chose ?

- Nan, quoi ?

- Je sais pas. Au fond, là ? Tu es sûr qu'on n'a pas été suivis ?

- Mike, franchement, tu me connais. Si quelqu'un nous avait suivis, je l'aurais repéré directement. Je pourrais être espion. Je repère les filatures à dix kilomètres.

Malgré les circonstances, j'avais très envie de ricaner. On s'est approchés encore un peu, à pas de loups. Clive s'était emparé d'une sorte de chalumeau, mais Mike lui a fait barrage.

- Non ! Tu es malade ! Pas ça !

- Quoi ?

- Tu vas brûler les billets, andouille. Erreur de débutant !

Vera et moi, on s'est regardés, perplexes. De quels billets parlaient-ils ? Le mystère de Miss Kensington était peut-être bien sur le point d'être élucidé.

- Ouais, bon... Faut encore qu'ils y soient, hein. Tu es bien sûr de ton coup ?

- Sûr à cent pour cent. Je connais bien le type qui m'a donné le tuyau.

- Rappelle-moi...

- C'est le neveu du type qui a planqué les billets dans les années 60. Son oncle a trop bu un soir, et il a craché le morceau devant lui.

De plus en plus intéressant. Mais pour l'heure, on avait mieux à faire. Pendant que les deux acolytes discutaient en s'affairant, on a encore progressé. On s'est alors retrouvés à la distance minimale du blouson de Clive. Si on allait plus loin, on était repérés à coup sûr. Le problème, c'est que de là où on était, on ne risquait pas de l'attraper. Il aurait fallu des bras télescopiques.

Clive s'est emparé d'un marteau et d'un burin, sous l'œil impitoyable de Mike. Et là, il a commencé à frapper le panneau arrière du magnétophone.

- C'est fou, c'est coincé ! a protesté Clive.

- Je sais. C'est pour ça que d'autres avant nous s'y sont cassé les dents. Ils ont toujours essayé d'ouvrir la machine sur place, et n'ont jamais eu le temps.

- Nous, on est plus malins, hein ?

- Des vrais génies, a complété Mike.

Je me suis approché de l'oreille de Vera, et je lui ai murmuré :

- Si tu veux vraiment qu'on attrape ce blouson...

- J'ai un plan, a fait Vera en chuchotant à son tour à mon oreille.

Les bruits de marteau couvraient assez largement nos murmures. Vera a donc continué :

- J'ai toujours les cordes de guitare que Thomas m'a confiées. On peut s'en servir comme d'une canne à pêche.

Je me suis étranglé :

- Tu es sûre de ton coup ?

- Oui. Si on en attache trois entre elles, ça devrait être la bonne longueur.

- Si tu le dis, ai-je gémi.

Profitant des coups de boutoir répétés de Clive, Vera a sorti le paquet de cordes de sa poche, et a mis son plan à exécution. Bientôt, les trois cordes les plus fines (*mi* aigu, *si*, *sol*) n'en formaient plus qu'une. Toujours couverte par le bruit, Vera a ensuite sorti l'anneau qui tenait les clés de chez elle attachées, et l'a déformé pour en faire un crochet. Il ne restait plus qu'à le fixer au bout de la corde pour fabriquer une canne à pêche de fortune, ce qui fut rapidement fait.

Toutefois le plus dur demeurait à faire : le magnétophone n'avait pas l'intention de se laisser faire, mais il n'allait certainement pas résister beaucoup plus longtemps. On ne devait pas traîner, et cela ne s'annonçait pas simple.

Je me suis proposé silencieusement pour accomplir cette mission. Alors que Mike et Clive semblaient être au summum de leur concentration, j'ai jeté le crochet en direction du blouson. Hélas, j'avais un peu sous-estimé la distance, et j'étais court de trente bons centimètres. Une nouvelle tentative s'imposait. Cette fois, j'étais trop loin : le crochet était passé par-dessus le blouson. Mais je pouvais peut-être en profiter pour tirer le blouson vers moi en même temps. J'y suis donc allé avec précaution. Bingo ! L'hameçon avait ferré son poisson. J'ai tiré tout doucement, et le blouson a commencé à bouger.

Clive a fait une pause, et je me suis arrêté aussi net.

- Mais ma parole, c'est un coffre-fort, ce machin ?

- Bah, c'était du solide, à l'époque, hein, l'équipement électronique.

- C'est de quelle nationalité, Studer ?

- Allemand. Non, suisse, je crois !

Clive en a paru dépité.

- Suisse... Punaise, c'est bien ce que je disais : ça doit être solide comme un coffre de banque. On n'est pas arrivés, vieux, on n'est pas arrivés.

- Je prends ta place, si tu veux !

- Je veux bien. Je vais boire un coup, je crois que j'ai laissé de l'eau dans le camion. Je prends les clés.

J'ai verdi. Tout cela n'avait servi à rien. Mais au moment où Clive se tournait vers l'endroit où il avait posé son blouson, Mike lui a dit :

- Attends, pas la peine ! Il y a un frigo au fond, là. Je pense qu'il y a de l'eau et peut-être même quelques bières.

- Super. J'en ai bien besoin.

Clive s'est donc éloigné à notre grand soulagement. J'ai continué à tirer dès le moment où les coups de marteau ont repris. Le blouson traînait à présent au sol. Plus qu'un mètre... C'était gagné !

Nous l'avions désormais en main, et les deux voleurs n'avaient rien vu. J'ai plongé dans la poche avant droite : miracle, les clés de la camionnette s'y trouvaient. Nous pouvions désormais libérer Chuck.

À quatre pattes, nous sommes retournés jusqu'à la fenêtre. Vera est passée en premier, et je l'ai suivie sans demander mon reste. Après quoi, nous avons couru à toutes jambes vers la camionnette. Moon n'était plus là. Avait-elle décidé de vivre sa vie de son côté ? On n'avait pas le temps de la chercher. J'ai utilisé le bip pour déverrouiller le véhicule, et Vera a ouvert le hayon.

- Chuck, c'est nous, tu peux sortir ! a crié Vera.

- Vrai ?

- Oui, dépêche-toi !

Du fond du camion, une tête a surgi. Chuck est sorti de la caisse qui lui avait servi d'abri, et d'une démarche maladroite, il s'est approché de nous.

- J'ai eu la trouille de ma vie, a-t-il commencé par dire.

- Et nous donc ! Bon, ne traînons pas, c'est très dangereux.

C'est à ce moment-là qu'une voix s'est élevée derrière nous :

- Je peux vous aider ?

On s'est retournés, le ventre tordu. C'était Clive, une cannette de bière à la main.

- Euh... a-t-on fait en même temps.

C'était très joli, notre « euh » commun. Chuck et moi, on était à l'unisson, Vera une quinte au-dessus de nous. Un vrai chœur d'église. Sauf que le moment n'était pas vraiment à s'en réjouir.

- Qu'est-ce que vous fichez dans mon camion, les mioches ?

- On... cherchait quelque chose, a fait Vera.

- Ah ouais ? Et quoi ?

- Notre... notre pote ! Mais c'est bon, on l'a retrouvé. Allez, viens Chuck, et ne recommence pas. Bonne journée, Monsieur !

On a tourné les talons, mais ça ne pouvait pas être aussi simple. Clive m'a attrapé par l'épaule comme s'il comptait me broyer.

- Pas si vite ! a-t-il crié.

J'ai jeté un coup d'œil à Chuck. C'est ça qui est bien dans le fait de connaître ses amis par cœur : on n'a pas besoin de mots. Alors, ni une ni deux, on a foncé sur Clive de toutes nos forces et on l'a bousculé si fort qu'il est tombé à la renverse. Chuck était déjà grand pour son âge et même si on ne faisait certainement pas le poids contre un adulte, on avait l'effet de surprise pour nous. Dès qu'on l'a vu les quatre fers en l'air, on s'est mis à courir en direction de la rue. Malheureusement, il était évident qu'il nous courait après : on entendait ses pas se rapprocher.

C'est alors que ce que l'on espérait depuis le début est arrivé. Un peu tard, sans doute. Deux voitures de police sont apparues dans la rue, nous barrant le passage. Les portières se sont ouvertes, et la première créature à descendre d'une des voitures a été non pas un agent... mais Moon ! On s'est retournés : Clive était figé sur place, tout penaud.

Un officier en civil est apparu.

– C'est quand même fou, a commencé le policier. Vous vous rendez compte que l'agent chargée de prendre les appels d'urgence avait mal noté l'endroit ? On était à deux pâtés de maisons d'ici. Heureusement que cet animal est venu spontanément nous trouver. Qu'il est bien dressé !

On ne savait pas quoi dire.

- Euh... j'avais aussi envoyé un message via le site de la police, a osé Vera, toute intimidée.

- Ah ? Peut-être, on ne regarde jamais. Bon ! Monsieur, s'il vous plaît !

Clive avait commencé à reculer, bien sûr. Pas de manière très assurée : il devait se douter qu'il était cuit quoi qu'il arrive. Et c'est précisément ce moment qu'a choisi Mike pour faire irruption dehors, un tas de billets de banque à la main, tout en criant :

- Clive ! Ça y est ! Je l'ai ouvert ! On est riches !

Et puis, il a vu les policiers.

Il n'a rien dit. Il s'est juste assis sur les marches qui menaient à l'entrepôt et s'est pris la tête entre les mains.

CHAPITRE VIII

C'était désormais une véritable foire qui se tenait dans cette cour qui, en temps normal, devait être d'un grand calme. Les policiers nous avaient assailli de questions, mais ils en avaient surtout après Clive et Mike qui, les menottes aux poignets et la mine renfrognée, subissaient un interrogatoire en règle. Le policier chargé de l'intervention était très sympathique. Grâce à lui, on a pu en apprendre un peu plus sur le fond de cette histoire :

- Voyez-vous, les enfants, tout remonte à presque cinquante ans. L'un des ingénieurs du son des studios Abbey Road avait été renvoyé pour une raison obscure. Il avait décidé de se venger, et de partir avec une énorme somme d'argent en liquide.

- Qui venait d'où ? a demandé Vera.

- C'était une occasion unique. L'un des groupes qui enregistrait dans le studio avait entreposé pour la nuit l'argent d'un concert. À cette époque, on payait moins en carte de crédit, on sortait les billets ! Il y en avait pour des dizaines de milliers de livres. Bien sûr, l'argent se trouvait dans une pièce fermée à clé. Mais l'ingénieur, un certain Nick Kapranos, avait un passe-partout. Le souci, c'est qu'il ignorait qu'une alarme avait été placée à titre exceptionnel. Quand elle s'est déclenchée, il a donc été pris de court, et a rangé son butin à l'endroit qui semblait le plus sûr et le moins évident : le magnétophone. Il pensait certainement pouvoir y accéder dès le lendemain.

- Et ça ne s'est pas passé comme ça ?

- Non. En fait, le directeur du studio était assez procédurier, et on lui a purement et simplement bloqué l'accès. Il a essayé de revenir par la suite, mais ça n'a jamais marché. Il a fini, tout simplement, par laisser tomber l'idée.

- Donc, a demandé Chuck, depuis ce jour... Le Studer J37 contenait une petite fortune en billets de banque ?

- Et oui. Cela peut expliquer aussi certains dysfonctionnements de la machine... ainsi que certaines légendes ! Il est très probable que ce pauvre Neil Stewart a été tué par quelqu'un qui avait eu vent de cette histoire et essayait de récupérer les billets. Exactement comme aujourd'hui. À l'époque, le coupable n'avait pas pu ouvrir la machine à temps, sans doute.

- Vous pensez que c'était ce Nick Kapranos ?

- Pas certain : une nouvelle enquête le dira. Mais ce qui est sûr, c'est que c'est le neveu de ce même Nick Kapranos qui, récemment, a parlé de tout cela aux deux énergumènes qui viennent de voler la machine. Il est possible qu'il se soit déjà vanté de son exploit dans le passé, qui sait. Mais comme la machine a disparu de la circulation assez vite, il avait dû perdre tout espoir de la retrouver. La récente vente aux enchères a dû faire parler d'elle, et l'histoire est ressortie.

L'officier a marqué une pause, puis :

- Le neveu connaissait quelqu'un du studio, qui leur a fait passer le planning. Ils ont choisi aujourd'hui parce que le studio était ouvert... tout en étant presque désert. Malin. Pas d'effraction, et risques minimaux.

On a senti une petite agitation, et on a tourné la tête en direction de la rue. Un taxi venait de s'arrêter, et notre cher Thomas en sortait, l'air passablement ahuri.

- Qu'est-ce qui se passe ? a-t-il demandé. Vera, Chuck, Dave, vous faites quoi ici ?

- On a retrouvé ta machine ! s'est empressé de dire Chuck.

- Hein ? Le policier qui m'a appelé n'était pas très clair.

- On t'expliquera, ai-je fait. Enfin tout est bien qui finit bien, en tous les cas. Figure-toi que Miss Kensington était un coffre-fort.

- Si tu le dis...

On a pris quelques minutes pour tout lui expliquer. À chaque révélation, je le sentais un peu plus proche de devenir complètement fou. Il est vrai que cela faisait beaucoup d'informations en peu de temps. Quand il a eu repris ses esprits, l'officier lui a dit :

- Je suis un peu embêté, mais votre magnétophone est désormais une pièce à conviction. Même s'il s'agit de votre propriété, elle devra être mise sous scellés quelque temps. Empreintes, etc.

- Je comprends, a soupiré Thomas. Enfin : c'est déjà mieux que de l'avoir perdue complètement !

À peine avait-il prononcé ces mots qu'un policier en uniforme a fait irruption hors de l'entrepôt, le visage rouge.

- Inspecteur ! Inspecteur ! On a un souci !

- Quoi ?

- Le magnétophone !

- Oui ?

- Il n'est plus là !

Je ne pourrais pas décrire avec précision la tête qu'a fait Thomas à ce moment-là. C'était au-delà des mots, et quand bien même, ça implique sans doute des adjectifs que je n'ai pas encore appris.

- Qu'est-ce que vous racontez ? a protesté l'officier.

- Venez voir, je crois que ça sera mieux.

L'officier s'est dirigé vers l'entrepôt au pas de course. Thomas l'a suivi, même si personne ne lui avait rien demandé. Et on lui a emboîté le pas, parce que personne n'avait plus l'air de se soucier de notre présence.

Le policier ne nous avait pas menti : l'entrepôt était toujours aussi encombré par des caisses diverses, mais le Studer J37, lui, avait disparu. Il ne fallait pas être devin pour comprendre comment, du reste. L'arrière de l'entrepôt, celui qui comportait la fenêtre par laquelle nous étions passés, était constitué en grande partie par une porte en bois coulissante. Quand nous étions arrivés, un peu plus tôt, elle était fermée. Désormais, elle était grande ouverte. Or, quelques mètres plus loin seulement, il y avait les bords de la Tamise et un quai d'embarquement. Le magnétophone avait donc dû prendre ce chemin. Mais comment ? Et qui avait pu faire le coup ? Tout avait dû se passer très vite.

Thomas, d'une voix blanche, a dit :

- Si je comprends bien... Si je comprends bien... Vous avez laissé filer mon magnétophone ? On vous l'a volé à votre nez et votre barbe ? Alors que ce lieu grouille d'agents de police ?

Il avait prononcé ces derniers mots un peu trop fort, et l'officier n'avait pas l'air ravi du ton employé.

- Calmez-vous, jeune homme. Il y a sans doute une excellente raison !

- Autre que votre incompétence ? a fait Thomas en trépignant sur place.

- Ce n'est pas un chanteur de rock qui va m'apprendre mon métier ! a fait le policier en pointant un doigt vers la poitrine de Thomas. Maintenant, si vous voulez bien vous calmer, ça n'en sera que mieux pour tout le monde... à commencer par vous !

L'officier a paru hésiter, puis :

- Qui était le policier chargé de votre enquête, initialement ?

- L'inspecteur Bonham.

- Bien, il est de toutes les manières en chemin. Je crois que c'est lui qui va reprendre le flambeau.

On s'est écartés. Thomas avait l'air d'être sur le point de pleurer, hurler... en tous les cas, de faire quelque chose de nature à le soulager. La nuit n'allait pas tarder à tomber : cela avait été une dure journée.

Quand l'inspecteur Bonham est arrivé, flanqué du même agent que le matin, il nous a souri de toutes ses dents, et en s'approchant de Thomas, a déclaré :

- Alors mon cher ? On a encore perdu son magnétophone ? Quelle négligence !

- Ah, ah, très drôle, a répondu Thomas.

- Allons, allons, pas de panique. Je suis sûr que c'est un malentendu. Quand est-ce arrivé ?

- Il y a quelques minutes, a fait l'autre officier. C'est incompréhensible, on n'a pas bougé de la cour. Mais il y a plus bizarre encore.

- Je vous écoute, collègue.

- Le magnétophone avait été volé par ces deux gugusses parce qu'il contenait de l'argent volé il y a presque cinquante ans. Sauf que l'argent... n'a pas bougé. On l'a retrouvé dans le hangar. L'un des deux voleurs avait enfin réussi à forcer le panneau arrière du magnétophone. Cette fois, ce n'est donc pas l'argent qui intéressait les voleurs.

Bonham a regardé en direction des quais.

- Et qui surveillait l'appontement ?

- Mmm, personne, je le crains, mais...

- Ne vous en veuillez pas, c'est bien normal. Il n'y avait aucune raison a priori pour suspecter... quelque chose comme ça. Vous êtes vraiment *sûr* qu'il a été volé ? Que les collègues ne l'ont pas déjà embarqué par erreur ?

L'autre officier a haussé les épaules.

- Je ne sais pas. Je ne suis pas au courant.

Thomas, alors, a émis cette hypothèse :

- Si quelqu'un s'est emparé du Studer par voie fluviale, on peut supposer que le bateau n'est pas très loin ? Il suffirait de partir à sa poursuite.

Bonham a haussé les épaules.

- « Il suffirait »... Comme si tout était aussi simple ! D'une part, nous n'avons pas de navette de la police à proximité. Et d'autre part, compte tenu du nombre de bateaux de commerce qui mouillent encore par ici, ce serait comme chercher une aiguille dans une botte de foin.

Thomas s'impatientait :

- Et alors ? On laisse faire, c'est ça ?

- Non, bien sûr que non. Nous allons mener une enquête très précise. Mais pour l'heure, il n'y a rien que nous puissions faire. Et puis, soyez heureux : nous avons retrouvé vos voleurs !

- Vous savez, ce n'était pas tellement les voleurs que j'avais envie de retrouver, mais mon magnétophone. Et lui, il a encore disparu. Ne vous étonnez donc pas si je ne saute pas de joie.

Le policier a tapoté l'épaule de Thomas d'un air très paternel, avant de lui dire :

- Rentrez chez vous. Et vous aussi, les enfants. Ça vaudra bien mieux comme ça. On vous tient au courant.

Thomas, la mort dans l'âme, a fait venir un autre taxi. On est tous montés à l'intérieur, Moon compris. Personne n'avait envie de dire quoi que ce soit. Et pourtant, il fallait bien que quelqu'un se décide. Je me suis dévoué :

- Euh, Thomas... Je sais pas comment formuler ça, mais... ça va ?

- Je ne sais pas. Je crois que c'est pire que tout, ce qui vient d'arriver. Si on continuait à courir après les voleurs de ce matin, je ne sais pas... ça me semblerait peut-être plus normal. Mais là ? Là ? On le retrouve et cinq minutes plus tard, il a à nouveau disparu ? C'est déprimant. Enfin, ce n'est pas votre problème. Je vais vous faire raccompagner chez vous. Vous avez cours demain, n'est-ce pas ?

Une fois encore, on a obtenu un bel unisson :

- Ouais...

Le taxi nous a ramenés chacun à notre domicile.

On n'avait même pas l'énergie de se retrouver ailleurs pour parler de tout ça. Quand j'ai passé le seuil de ma porte, et que ma mère m'a demandé comment s'était passée la journée, j'ai lancé un vague bruit qui ne ressemblait que d'assez loin à une réponse, et j'ai annoncé que je n'avais pas envie de dîner. Un quart d'heure plus tard, je dormais.

Le « débriefing », bien sûr, a fini par avoir lieu. C'était le lendemain matin, dans la cour de l'école. Vera et moi, on était arrivés assez tôt, comme à notre habitude. Et comme à *son* habitude, Chuck était très en retard. On a donc commencé à discuter à deux.

- Tu as bien dormi, Vera ?

- Bof, et toi ?

- Comme un bébé.

- Ah...

- Je veux dire, j'ai vraiment dormi comme un bébé. C'est-à-dire que je me suis réveillé toutes les trois heures avec l'envie de pleurer !

Cela a beaucoup fait rire Vera.

- Tu sais que tu es drôle, en fait, Dave !

- « En fait » ?

- Bah, ça ne se voit pas tout de suite. Tu n'es pas le plus exubérant des gars.

- Oui, ça on sait. Mais ça fait un moment que tu me connais, quand même. Donc tu dois savoir depuis longtemps que sous cette apparence sage se cache un type très marrant.

- Bien sûr. Tu caches très bien ton jeu. Je me demande ce que tu caches d'autre.

J'ai avalé ma salive de manière un peu bruyante, puis, tout en bégayant, j'ai dit :

- Ah, hum. Eh bien, c'est-à-dire...

Je me demandais bien où Vera essayait d'en venir depuis hier. À vrai dire, je crois que je savais à peu près, mais je n'étais pas encore prêt à trop y réfléchir. Chuck est arrivé à ce moment, mettant fin à mes souffrances.

- Hello, a-t-il dit d'un ton morne.

- Hey, lui ai-je répondu. Alors ? Toi aussi, ça t'a empêché de dormir ?

- Ben oui, tu parles. C'est quand même incompréhensible, cette histoire. Qui peut vouloir cette machine à ce point ?

- Je ne sais pas. C'est plus qu'étrange. Et puis,

c'est délicat d'appeler Thomas : il doit avoir d'autres chats à fouetter, maintenant.

- Oui, sans doute. Ah là là... Bon, on s'en tire pas mal. Je peux vous dire que je vais longtemps faire des cauchemars où je me retrouve dans une camionnette en flammes. C'était vraiment idiot de ma part, je ne sais pas ce qu'il m'a pris de monter comme ça. Heureusement que vous étiez là.

Il a réfléchi un moment, puis a ajouté :

- D'un autre côté, si vous n'aviez pas été là, je suppose que ça ne serait pas arrivé. Je suis partagé. En tous les cas, tout ça m'a donné une bonne idée de chanson. J'ai commencé à la composer. Ça fait...

Vera l'a interrompu :

- Ce n'est peut-être pas le moment, on va pas tarder à monter en cours. Au fait ! Moon ?

- Ah, Moon...

Les choses n'avaient pas l'air de s'être passées comme sur des roulettes.

- Ma mère a hurlé qu'elle refusait d'avoir un chien chez elle, a expliqué Chuck. Mon père, lui, ça ne lui posait pas trop de problème.

- Verdict ?

- Oh, tu sais comment ça se passe, avec les adultes. Et en particulier avec les mères. Des histoires de compromis. Mon père et moi, on a dû s'engager sur un certain nombre de choses.

- Comme quoi ? a demandé Vera en pouffant.

- Tu sais... S'occuper à 100 % du chien, ne rien laisser à faire à ma mère, plus la vaisselle pendant trois mois, etc.

- Moon avait l'air heureuse, dans sa nouvelle maison ?

- Oui, je crois. Elle a dormi avec moi. Enfin, dans ma chambre. Elle aime bien quand je joue de la guitare.

Vera a souri :

- Bon, et bien c'est génial, si tu as un public pour toi tout le temps, non ? Bon, c'est l'heure : on reparle de tout ça après ?

- Faisons ça.

La journée s'est déroulée avec sa monotonie habituelle, son défilé d'uniformes dans les couloirs de l'établissement. Rien de ce que l'on pouvait nous dire n'était de nature à nous faire oublier les événements de la veille. Et pourtant...

CHAPITRE IX

À ce stade de notre vie d'écoliers, on doit ingurgiter pas mal de choses. On a des cours d'anglais (bien sûr), de maths, de chimie, de physique, de biologie, d'histoire, de géographie, de langue, d'informatique, de sport, de musique, d'art, de théâtre, d'éducation religieuse, de technologie, et d'éducation sociale. Ça fait beaucoup, et c'est très fatigant. En revanche, quand on approche des 14 ans, on a le droit de se spécialiser dans dix matières seulement, et de laisser tomber toutes les autres. J'avais personnellement assez hâte d'y être, mais il allait falloir être encore un peu patient.

Ce lundi, la dernière heure était occupée par le cours d'informatique. Or, notre professeur n'avait pas été très bien formé pour enseigner cette matière et la plupart du temps, il nous laissait simplement faire ce qu'on voulait sur les ordinateurs (Chuck, dans sa classe, avait eu moins de chance). Je me suis mis en binôme avec Vera - comme pratiquement toujours - et je lui ai dit :

- Mettons cette heure à profit pour en savoir un peu plus !

- Sur quoi ?

- Sur toute cette histoire. Je suis certain qu'on peut faire progresser l'enquête.

- Plus que des policiers dont c'est le métier ? Dave, tu as passé l'âge de lire Enid Blyton, non ?

- Tsss... Je t'ai connue plus aventureuse !

- Tu ne prends pas non plus d'énormes risques en tapotant sur un clavier, tu sais. Je dis juste qu'à mon avis, on perd notre temps. Tu ne veux pas aller sur Facebook, plutôt ?

- L'accès est interdit depuis le collège, tu devrais le savoir, depuis le temps.

- Et depuis le temps, tu devrais aussi savoir qu'on peut contourner l'interdiction.

- Oui, oui... Mais Vera... j'ai vraiment envie de savoir !

Elle a hoché la tête, l'air pas très convaincu.

- Ok, Dave. Je te regarde.

- Commençons par le commencement. Je crois que tout tourne, malgré tout, autour de l'enregistrement de *Greenland* de Neil Stewart. Ou plutôt, de la légende autour du disque.

- Allons-y.

J'ai rentré quelques mots-clés sur un moteur de recherche. Les premières pages obtenues ne présentaient pas un intérêt majeur. Mais de fil en aiguille, j'ai commencé à m'enfoncer un peu plus profondément dans le marasme qui entourait ce disque. Jusqu'au moment où je suis arrivé à une page qui se faisait l'écho de ce que Patrick Magneux, l'expert en surnaturel, m'avait appris.

La page était sobre. Plus que sobre, en fait : carrément ringarde et nulle. Du texte au kilomètre sans mise en page, quelques photos collées au milieu. Même la date de dernière mise à jour faisait un peu peur : 12 octobre 2001. Ce n'était donc pas d'une actualité brûlante.

Le site décortiquait par le menu les paroles de toutes les chansons présentes sur le disque *Greenland*. La chanson *Just Red* faisait office de plat de résistance. C'était elle qui constituait le texte le plus énigmatique du disque, et par laquelle toute la légende autour de la lutte - supposée - entre Neil Stewart et le magnétophone hanté s'était consolidée. Neil Stewart y avait ce couplet énigmatique (pas plus énigmatique que le reste, en fait) :

I was stuck in my cell,
The walls were red, Just Red
And all the people thought I was dead.
I looked at my hands,
They were red, just red
Oh man, I couldn't believe I was 73 already

Ce qui donne quelque chose comme :

« J'étais coincé dans ma cellule
Les murs étaient rouges, juste rouges
Et tout le monde pensait que j'étais mort.
J'ai regardé mes mains,
Elles étaient rouges, juste rouges
Oh, mec, je n'en revenais pas d'avoir déjà 73 ans »

À vrai dire, c'était là le genre de paroles impénétrables auxquelles le rock des années 60 et 70 nous avait habitués. Des choses qui ont été écrites par des gens qui n'étaient pas forcément en pleine possession de tous leurs moyens, et qui débitaient tout ce qui leur passait par la tête. En cela, il me semblait que j'avais peut-être déjà entendu pire ailleurs. Mais compte tenu des circonstances tragiques dans lesquelles le chanteur avait trouvé la mort, il n'était pas complètement étonnant que l'imagination du public se soit mise à galoper.

D'ailleurs, ce n'était pas tout. Depuis 1967, il était commun que les paroles des chansons soient imprimées sur la pochette intérieure des disques vinyles. C'était aussi le cas avec le disque de Neil Stewart, et bien sûr des paroles de cette fameuse chanson. Un détail, toutefois, semblait particulièrement intriguer les adeptes de la « théorie démoniaque ». En effet, l'expression « *Just Red* », la première fois qu'elle est citée, comportait des majuscules aux deux mots. « *Just Red* », et non pas « *just red* » comme cela aurait dû être le cas. Ce n'était probablement qu'une faute de frappe (c'était *forcément* une faute de frappe), mais chacun y allait de sa théorie pour l'expliquer. Quant à cette histoire d'avoir 73 ans, elle était encore plus obscure que le reste : Neil Stewart n'avait pas plus de 25 ans à sa mort.

L'un dans l'autre, tout cela ne nous avançait guère. Mais c'est alors que Vera m'a dit :

- Hey, regarde en bas, là.

- Oui ?

- C'est un lien vers un forum.

- Il doit être aussi abandonné que le site, tu sais.

- Tu risques rien à cliquer, je dirais ?

- C'est pas faux.

J'ai obéi à Vera, et nous nous sommes alors retrouvés, effectivement, sur un forum plus que rudimentaire. Il n'était pas situé à la même adresse que le site, toutefois, et semblait donc indépendant.

Les intitulés des sous-sections du forum semblaient indiquer que tout tournait, là aussi, autour du fameux disque de Neil Stewart. Mais alors que le site accusait son âge, il ne nous a pas fallu bien longtemps pour nous apercevoir que les derniers messages postés étaient plutôt récents. Tellement récents, en fait, que le dernier datait de la veille, un peu avant minuit. Bien sûr, j'ai cliqué... Et à ce moment-là, un écran est apparu, nous disant : « Vous devez être identifié pour lire les messages de ce forum ».

Je me suis tourné vers Vera :

- On fait quoi ?

- Bah, on s'inscrit, ça ne coûte rien.

- Tu as raison. Je vais mettre un faux nom. C'est parti.

J'ai rempli le formulaire d'usage. Arrivé au choix du pseudonyme, j'ai demandé :

- Tu as une idée de pseudo ?

- Non, pas vraiment. Et toi ?

- Bof. Attends, je réfléchis.

Dans l'une de ses chansons, Neil Stewart dit : « *Call me Mr S* ». Ça faisait un joli pseudo. J'ai donc rentré « Callmemrs », tout attaché. C'était facile à retenir, en plus.

Une fois l'inscription faite, un message est apparu, nous disant que l'administrateur du site allait étudier notre demande d'inscription, et la valider prochainement. Dommage : sur certains forums, la procédure est automatique. Il allait donc falloir attendre un peu. Cela ne tombait pas forcément mal, dans la mesure où la fin des cours sonnait. Nous étions libérés de cette journée interminable, et il était temps de retrouver Chuck.

À peine étions-nous dehors en sa compagnie que Chuck a défait sa cravate. On lui a raconté ce que l'on venait de faire, et il a paru très intéressé :

- Vous en pensez quoi ?

- De quoi, Chuck ?

- De cette histoire. Vous pensez que c'est vrai ?

Vera a eu l'air consternée :

- Tu nous demandes si on pense vraiment que Neil Stewart a lutté contre un démon situé dans un magnétophone ? Et que son esprit s'y trouve encore aujourd'hui ? Non, Chuck, je ne pense pas que ça soit vrai. Je sais pas comment te le dire autrement.

Chuck a haussé les épaules.

- Parfois, on se moque des gens, mais... la vérité finit par nous rattraper, et on se sent bête d'avoir douté !

- Je te parie un truc, Chuck : ça n'arrivera pas cette fois.

Depuis quelques semaines, il se passait un truc bizarre entre Chuck et Vera. Une certaine tension.

J'avais mis ça sur le compte de la gêne, parce que je savais pertinemment que mon cousin en pinçait pour Vera. Seulement, il y avait un changement indéniable dans leurs rapports. Vera, autrefois, le taquinait gentiment ; j'avais l'impression, depuis peut-être un ou deux mois, qu'elle était plus agressive. Allez savoir ce qui se passe dans la tête d'une fille. En même temps, allez savoir ce qui se passe dans la tête d'un garçon. Ça doit pas être beaucoup plus clair. Surtout à nos âges.

On n'avait pas tellement envie de se séparer, alors on a flâné un peu. On habite dans les hauteurs de Londres, près du cimetière de Highgate. Il n'y a pas une foule de choses à faire par là, mais le parc qui jouxte le cimetière offre toujours un lieu de promenade assez fantastique. On a donc décidé d'aller s'y poser avant de rentrer chez nous.

Alors que j'étais presque sur le point de m'endormir dans l'herbe, pendant que Chuck et Vera discutaient - assez vivement - d'une série qu'ils aimaient tous les deux (mais apparemment, pas pour les mêmes raisons), j'ai senti une vibration dans ma poche. J'ai regardé mon téléphone, qui m'indiquait que j'avais reçu un nouvel e-mail. Je l'ai consulté, les mains un peu tremblantes, pour constater qu'il était bien celui que j'espérais : j'avais été autorisé à participer au forum. Et donc, à lire les messages postés. J'aurais pu en parler tout de suite aux autres, mais quelque chose me poussait à tenir encore un peu ma langue. Ce n'était pas le bon moment. Je préférais être chez moi, au calme. Alors, je me suis laissé aller quelques minutes, pendant que Chuck et Vera en venaient pratiquement aux mains à propos de l'un des personnages de leur série.

Quand je suis rentré, nous avons dîné tôt comme de coutume, aux alentours de 18 h 30. Je sais que sur le continent, et surtout dans les pays latins comme la France ou l'Italie, le dîner se prend bien plus tard. Mais les Anglais finissent généralement de travailler plus tôt, aux alentours de 17 h, après avoir pris une pause beaucoup moins longue le midi. Nous ne coupions donc pas à cette habitude, même si dans d'autres familles, les choses étaient un peu plus relâchées.

Dès la dernière bouchée de mon repas avalée, je suis monté dans ma chambre, et me suis rué sur mon ordinateur pour accéder au fameux forum. Sans plus attendre, j'ai cliqué sur le message qui m'intriguait tant. Et je n'ai pas été déçu. Voilà ce que j'ai lu :

De Craven

Message : « IL » est parmi nous !

Mes sœurs, mes frères, l'objet de notre culte est de retour parmi nous. Nous pension l'avoir perdu à jamais, mais l'heure de sa renaissance approche ! Enfin, après tant d'années de silence, nous allons pouvoir profiter de ses paroles de sagesse. Rendez-vous mercredi pour cette occasion unique, dans le lieu habituel. Lord Leighton sera de sortie ! Le mot de passe n'a pas changé : c'est le nom de sa nymphe. Méfions-nous des intrus.

Seul un fou pouvait avoir écrit un charabia pareil. Qui plus est, je n'avais évidemment aucune preuve que ce message ait quoi que ce soit à voir avec la disparition du magnétophone. Mais la coïncidence de dates était trop troublante. Les autres messages remontaient pour la plupart à plusieurs semaines, voire à plusieurs mois. On perd le Studer J37, et quelques heures après, des fanatiques obsédés par l'album qu'il a servi à enregistrer viennent annoncer qu'un certain objet de culte est revenu ? C'était lié, de toute évidence.

Apparemment, peu de personnes fréquentaient le forum. J'estimais à une quinzaine le nombre total des intervenants réguliers. Bon, ce n'était pas rien, mais ce n'était pas non plus trop inquiétant. D'autant que dans le tas, tous n'habitaient peut-être pas près de Londres. La cérémonie qui devait avoir lieu dans deux jours n'allait probablement pas rameuter une vraie foule.

J'avais déjà vu des films (et lu des livres) où les membres d'une secte tentent de ramener un défunt à la vie. Si je me rappelle bien, il y a même un Dracula où son valet se livre à une cérémonie de ce genre pour le ressusciter (je ne suis pas supposé connaître ces films, ma mère s'y oppose, mais je les regarde en cachette avec mon père). J'imaginais donc que c'était à une cérémonie de ce genre qu'il fallait se préparer : des gens en cagoule qui chantent autour du magnétophone, pour invoquer l'esprit de Neil Stewart coincé à l'intérieur. Le seul souci, c'est que dans les films que j'avais en tête, les membres de ces sectes sont souvent très agressifs, et exigent un sacrifice en retour. Et s'ils s'en prenaient à nous ?

Et puis, il y avait quand même autre chose : si ces gens avaient bel et bien volé le Studer J37, comment avaient-ils su où il se trouvait, comment le voler, et à quel moment précis ? Le deuxième vol s'était opéré en un rien de temps, et j'avais peine à croire qu'on puisse être allé aussi vite, alors qu'il y avait des policiers partout.

J'ai pris des notes à propos de tout cela, et je me suis mis au lit. J'étais très excité à l'idée d'en parler à Chuck et Vera. Peut-être même un peu plus à Vera qu'à Chuck. Et c'était bien la première fois que je me faisais cette réflexion.

CHAPITRE X

Le lendemain matin, j'étais le premier à l'école. Mes parents ne m'avaient jamais vu partir aussi tôt, je crois. Je n'arrivais plus à tenir en place, et je tournais sur place comme une toupie en attendant Chuck et Vera. Ainsi, quand ils sont arrivés, je me suis mis à parler sans m'arrêter. J'avais tellement réfléchi à tout cela pendant la nuit que mes paroles, loin d'être incohérentes, ressemblaient pratiquement à un exposé. Vera et Chuck m'ont écouté avec des yeux ronds, et quand j'ai eu fini, ils se sont contentés de me dire :

- Euh... ok.

J'avais espéré produire un autre effet. Quelque chose de plus enthousiaste, en tous les cas. Je leur ai laissé un petit moment pour qu'ils se mettent les idées en place, et j'ai contre-attaqué :

- Vous en pensez quoi ? On fait quoi ?

- Bah... euh, tu nous prends un peu de court, là, a fait Chuck.

- Si je résume, a continué Vera, tu penses qu'un petit cercle d'adorateurs de *Greenland* s'est emparé (on ne sait pas comment) du magnétophone, parce qu'il fait partie d'un certain rituel ? Et qu'ils se préparent à accomplir ce rituel, mmm... demain ? Dans un lieu qui reste à découvrir ?

- C'est ça.

- Bon... Tu n'as pas la moindre idée de ce que peut être ce lieu, je suppose ?

- Non. Vous connaissez un Lord Leighton, vous ?

- Pas personnellement. Mais on peut chercher. On trouvera. Ou pas !

On est montés en cours, faute de pouvoir discuter plus longuement. Au moment de la pause du midi, je m'apprêtais à retrouver Chuck en compagnie de Vera quand il s'est produit quelque chose d'assez inattendu. Une jeune fille blonde d'une autre classe a surgi de nulle part (en fait : du couloir de droite) et s'est pointée devant moi avec un sourire malicieux. Elle ne bougeait plus, ne disait plus rien, et se contentait de m'observer. Je ne savais pas en quoi je pouvais être un sujet d'étude aussi passionnant. Du coup, je me suis décidé à dire quelque chose.

- Euh, salut ?

- Salut, Dave, a-t-elle répondu.

- On se connaît ?

- Tu ne me connais peut-être pas. Je m'appelle Mel. Mais vous, vous êtes connus, toi et ton cousin Charles !

- Charles ? Ah, oui, Chuck. Je n'ai tellement pas l'habitude de l'appeler autrement que par son diminutif. Et donc, euh... On est connus, c'est ça ?

- Vous connaissez Thomas Fitzgerald, il paraît.

- Je le connais aussi, hein ! est intervenue Vera.

L'autre fille lui a envoyé un regard noir, puis est revenue vers moi :

- Tu vois qui est Patty Asher ?

Je voyais parfaitement qui était Patty Asher. C'était une collégienne qui avait un an de plus que nous, et qui se caractérisait, en particulier, par le fait d'être la plus belle fille du monde. Elle avait des cheveux d'un noir d'encre, des yeux d'un vert aussi profond qu'une forêt d'Irlande, et une allure dingue, qui donnait l'impression qu'elle avait déjà seize ans. Sa maman était asiatique, et même si cela ne se remarquait pas tout de suite, le mélange était très réussi ! En conséquence, tous les garçons tombaient dans les pommes sur son passage. Voilà pourquoi on s'en tenait loin, et moi le premier. Question de santé mentale. J'ai donc répondu, comme un gros hypocrite :

- Euh, vaguement, pourquoi ?

- Elle aimerait bien mieux te connaître. Elle fait justement une petite fête demain soir. Si tu veux venir, tu es le bienvenu. Et ton cousin aussi.

Vera a croisé les bras :

- Et moi ?

- Oh, toi... Mais vous êtes...

- Non, non, non ! ai-je fait en agitant les bras. Pas du tout. Enfin, je veux dire : ça serait bien sûr chouette que Vera soit invitée aussi. Mais on... Enfin...

- Ça va, j'ai compris, a fait la jeune fille. Alors écoute : voici le numéro de téléphone de Patty.

Elle m'a tendu un petit bout de papier.

- N'hésite pas à l'appeler tout à l'heure, a-t-elle dit. Et j'espère que tu es libre demain soir.

Elle est partie en nous plantant là, Vera et moi. Je n'osais pas trop regarder Vera, d'ailleurs. Je n'avais pas besoin : rien qu'à la chaleur que je ressentais contre ma joue, je comprenais sans mal qu'elle était entrée en éruption, et qu'elle pouvait exploser à tout moment. Était-ce vraiment une bonne idée de me justifier pour mon cafouillage lamentable ? J'ai quand même voulu tenter quelque chose :

- Vera, j'espère que tu n'as pas...

- Que je n'ai pas quoi ? m'a-t-elle interrompu d'une voix glaciale.

- Mal pris...

- Mal pris quoi? Il y avait quelque chose que je devais mal prendre ?

Elle avait les sourcils froncés, les bras croisés, et ne comptait certainement pas me faciliter la tâche.

- Tout à l'heure, tu sais. Quand elle a cru que...

- Oooooh, ça ! Quand cette petite blonde avec une tête de porcelet t'a demandé si j'étais ta petite amie et que tu t'es empressé de lui expliquer la vérité ? Mais pas du touuuut ! Pourquoi est-ce que je m'offusquerais de la *vérité*, hein ?

J'ai laissé échapper un rire qui aurait pu sortir d'un film d'horreur. J'aurais très bien vu un squelette, au fond d'une crypte, avoir ce genre de rire.

- Ah ah ah, Vera... Bon, je suis content que tu le prennes comme ça !

- Mais voyons, il n'y a AUCUN PROBLÈME.

Quand on a rejoint Chuck, le malheureux s'est avancé vers nous tout heureux, et a dit :

- Dave, c'est fou ! Je suis invité à une fête chez Patty Asher !

Il est inutile de dire qu'on a dû se passer de Vera pour le repas, qui nous a plantés tous les deux en prononçant des paroles que je ne tiens pas trop à répéter.

Vera ne m'a bien sûr pas adressé la parole le reste de la journée. Après les cours, j'ai eu l'impression qu'elle était fatiguée de faire la tête, et qu'on allait enfin pouvoir tenir une conversation normale. C'était à peu près vrai. Mais pas tout à fait pour autant. Quand Chuck nous a rejoints, il marchait sur des œufs. Lui aussi avait l'air de s'en vouloir pour son enthousiasme un peu déplacé. Du moins, pas très diplomatique. Mais il arrivait à se faire pardonner plus facilement, avec sa mine ahurie permanente et son air de poète rêveur. C'est son superpouvoir.

- Bien, ai-je commencé, peut-être que c'est le moment de...

- ... de ? a fait Vera.

- De mettre notre plan de bataille en ordre.

- Ça ne m'a pas l'air très compliqué, a fait Vera. Tu rentres chez toi, tu prends ton téléphone, tu appelles cette créature et tu vas te coucher en rêvant de la petite fête de demain soir.

- Attends, tu as le numéro de téléphone de Patty Asher ? s'est étonné Chuck. Mais je ne l'ai pas eu, moi !

- Ben...

- Mais Dave est très populaire, tu sais ! s'est exclamée Vera.

Chuck ne pouvait pas tellement cacher le fait qu'il était jaloux. J'avais envie de lui rappeler là, comme ça, qu'aux dernières nouvelles, il était amoureux de Vera et n'avait donc aucune raison de m'en vouloir. Mais apparemment, ce n'était plus aussi simple que ça. De toutes les manières, mon père me l'a toujours répété : ces histoires ne sont *jamais* simples.

Il fallait absolument que je retombe sur mes pattes. Alors j'ai dit :

- Bon, oublions deux secondes cette soirée, ok ? Ma mère a décidé de cuisiner italien, ce soir. Vous n'avez qu'à venir et en profiter. Et on rediscutera plus tranquillement du mystère qui nous occupe, qu'en pensez-vous ?

Vera a haussé les épaules. J'avais l'impression qu'elle était prête à faire la paix.

- Bah, allez. Pourquoi pas, hein.

- Ça marche, a ajouté Chuck. Faut juste que je prévienne mes parents.

- T'inquiète, mes parents s'en chargeront. Vera ?

- Oui, ça ne posera pas de problème, mais je vais prévenir aussi.

- Bien. Alors c'est parti.

On a cheminé ensemble. L'hiver n'était pas encore terminé, mais le printemps se devinait déjà un peu sur les arbres. Et dans nos cœurs, bien entendu. Chuck a fini par se mettre à parler de musique, et on a sauté sur l'occasion, Vera et moi, pour oublier les échanges un peu durs que l'on venait d'avoir. Tout allait mieux. Pour le moment, en tous les cas.

Il y a un an, ma mère avait appris que l'un de ses ancêtres était italien. Je ne sais pas si les écureuils savent remonter les arbres généalogiques, mais je pense que si c'était le cas, ils seraient morts de fatigue avant d'arriver à la branche qui concerne ce (supposé) aïeul vénitien. D'ailleurs, ma mère ressemble à tout sauf à une italienne. Elle a les cheveux qui tirent vers le roux, la peau très blanche, les yeux clairs. Il n'empêche : ça a déclenché chez ma mère une espèce d'Italie mania. On s'est mis à regarder des films italiens, ma mère a commencé à prendre des cours de langue par correspondance et, bien entendu, à cuisiner à l'italienne.

Nous autres, les Anglais, avons la réputation d'avoir l'une des pires cuisines du monde. Ce n'est pas totalement vrai. À Londres, il y a désormais plus de restaurants étoilés qu'à Paris. Et notre *street food* est une des meilleures qui soit, même si on ne peut pas dire qu'elle soit 100 % anglaise. De même, comme je l'ai déjà dit, on mange plutôt bien dans les pubs. C'est quand on s'aventure dans les choses un peu plus recherchées et un peu plus traditionnelles que ça se gâte. Or, ma mère était jusqu'alors plutôt de cette école. Du coup, sa cuisine italienne apparaissait comme une espèce de mélange assez improbable, avec des fulgurances, de temps à autre, mais aussi des ratés spectaculaires. Le jour où elle avait voulu faire sa pâte à lasagnes elle-même, mon père et moi nous étions amusés à sculpter des personnages avec. Au bout de trois minutes, ils étaient devenus durs comme de la pierre, sans que l'on ait eu besoin de les passer au four ! Mais depuis, il y avait eu aussi des bonnes surprises. Et ce soir, c'en était une : les pâtes *all'arrabiata* de maman étaient tout à fait honorables, même si je ne pouvais pas dire que j'avais l'impression d'être en Italie quand je les mangeais. Vera et Chuck avaient l'air de se régaler, en tous les cas.

- Alors, Vera, a demandé ma mère au milieu du repas, est-ce que ça marche, cette année ?

- Oui, Madame. Mais votre fils reste indéboulonnable. Impossible d'avoir des meilleures notes que lui.

- Oh, tu exagères ! j'ai fait, un peu gêné.

- Ben... Tu es moins bon en sciences que dans le reste, c'est sûr. Mais on a surtout l'impression que c'est parce que ça t'intéresse moins.

J'ai repris des pâtes.

- Et toi, Chuck ? a poursuivi ma chère mère.

- Bah, tu sais comme c'est, tante Mary. Je flotte. Je bois pas la tasse, je fais pas des vagues non plus.

- En tous les cas, je vous félicite tous les trois pour une chose : vous n'avez pas été trop perturbés par votre amitié avec Thomas Fitzgerald. D'autres jeunes de votre âge, ça leur aurait tourné la tête ! Mais pas vous. Bravo.

- Mary, est intervenu mon père, tu peux arrêter de leur parler d'école ? Il est tard et même moi ça me stresse.

- On peut discuter, non ? a rétorqué ma mère d'une voix ferme.

Cette fois, c'est mon père qui a repris des pâtes.

Après le dessert - un tiramisu qui, pour le coup, semblait avoir été élaboré près d'une centrale nucléaire - ma mère a proposé :

- Ça vous dirait qu'on fasse un jeu ? Oh, je sais ! Un Scrabble !

- Oh, Mary, pitié, pitié, pitié ! a gémi mon père.

- Tu n'es pas obligé de jouer, hein. Tu n'as qu'à discuter avec ton pote sur Internet pendant que nous, on s'amuse.

Mon père avait en effet un ami de lycée qu'il n'avait jamais perdu de vue. Ils passaient tellement de temps à discuter au téléphone, sur Internet, à s'envoyer des e-mails, que ma mère disait souvent, sur le ton de la plaisanterie (à peine, en fait), qu'ils auraient dû se marier. Mais l'ami en question habitait désormais en Islande suite à un coup de tête, parce qu'apparemment « il ne supportait plus personne en Angleterre ». De son propre aveu, la compagnie des phoques lui convenait bien mieux que celle de ses compatriotes.

Ne reculant pas devant un potentiel incident diplomatique, mon père est sorti de table, radieux, et tout en posant la boîte de Scrabble devant nous, a lancé :

– Excellente idée ! Bonne partie, hein ! Je vous mets de la musique, ou vous pensez que vous allez réussir à tenir sans vous endormir ?

Ma mère lui a tiré la langue.

Ce n'était pas tout à fait comme ça que j'avais vu les choses : je pensais qu'on allait filer dans ma chambre pour tâcher de poursuivre notre enquête. Mais ma mère avait l'air de prendre tellement de plaisir à ce que je reçoive des amis que je n'ai pas eu le cœur de la contrarier. Il s'agissait de finir rapidement.

Heureusement, de ce point de vue, on pouvait faire confiance à ma mère : elle était absolument redoutable, et a commencé à nous laminer. Et puis, soudain, alors que rien ne le motivait, Chuck a poussé un hurlement.

- On peut savoir ce qui ne va pas ? ai-je demandé.

- Un souci, Chuck ? s'est inquiétée ma mère.

- Vera... Dave...

Il a alors posé devant nous des lettres formant : STUDER J.

C'était le modèle du magnétophone de Thomas, sans le « 37 » à la fin. Alors, il a mélangé les lettres, et on a lu : *JUST RED*.

J'ai frémi, Vera a ouvert la bouche sans pouvoir la refermer. C'était le titre de la fameuse chanson qui échauffait tant les esprits. Se pouvait-il que la majuscule à « *Just* » et « *Red* », qui avait tellement fait parler d'elle, n'ait pas été une faute de frappe ? Que « *Just Red* » ait formé un tout indissociable, anagramme de « Studer J » ? Quant au « 37 », il ne fallait pas aller le chercher bien loin : un vers plus loin, dans la même chanson, Neil Stewart parlait d'avoir 73 ans. Un 7 et un 3. Encore un anagramme, avec des chiffres cette fois. On retombait bien sur « Studer J37 ». J'ai alors demandé :

- Ch… Chuck… Il était né en quelle année, Neil Stewart ?

- En 1942, pourquoi ?

- Donc… s'il avait vécu, il aurait eu 73 ans, comme dans sa chanson… en 2015. Soit, cette année.

- Tout se recoupe ! s'est écrié Chuck une main devant sa bouche.

J'ai ajouté :

- C'est pour cela que tout se produit maintenant ! Ils croient que la chanson est une espèce de prophétie ! Que la « libération » de l'esprit de Neil Stewart doit avoir lieu l'année de ses 73 ans !

Ma mère nous souriait un peu nerveusement. Je voyais qu'elle tenait un « Z » dans sa main, et qu'on venait de lui gâcher le plaisir de nous achever avec un mot à 300 points.

- Les enfants… de quoi parlez-vous ? Encore cette histoire ?

Vera a frappé la table avec ses paumes :

- Mais… il faut être cinglé pour croire des idioties pareilles ! Un magnétophone, c'est un magnétophone !

- Je ne dis pas le contraire, ai-je admis. Mais ça n'empêche. Il y a, quelque part dans cette ville, une poignée d'illuminés qui sont convaincus que tout cela est logique. Et vrai, surtout.

- On avance! a lancé Chuck. Maintenant, il faut absolument comprendre où a lieu leur réunion de demain!

- Tous dans ma chambre!

Une seconde plus tard, ma mère se retrouvait seule devant le plateau de Scrabble. Je l'ai entendue qui rangeait les pions en chantonnant *Sarà perchè ti amo.*

CHAPITRE XI

Jamais on ne se serait donné autant de mal pour un devoir de l'école : cette énigme nous avait amenés à faire fonctionner nos méninges à 200 à l'heure, et j'avais d'un coup l'impression d'être un véritable Sherlock Holmes. À un bémol près quand même : on avançait un peu moins vite que lui dans notre enquête.

Mon ordinateur portable était posé par terre, au milieu de ma chambre. J'étais allongé à plat ventre devant, un coussin sous chacun de mes coudes histoire de ne pas me faire trop mal sur le parquet. Vera avait élu domicile sur mon lit, la tête pendant dans le vide; je ne sais pas comment elle arrivait à voir quelque chose de là. Quant à Chuck, il était sur ma chaise de bureau à roulettes, en train de faire des tours sur lui-même sans discontinuité.

Évidemment, on avait mis de la musique. Histoire de se mettre dans l'ambiance, on écoutait le fameux album *Greenland* de Neil Stewart que, jusqu'à présent, je n'avais jamais entendu autrement que d'une oreille distraite. C'était un chouette album de rock psychédélique, mais ça n'expliquait pas pourquoi il y avait un tel engouement autour. Je ne le trouvais ni plus ni moins original que beaucoup de disques de la fin des années 60.

– Bon, il faut absolument qu'on progresse ! Chuck, Vera ? Vous ne m'aidez pas beaucoup !

– Bah... C'est toi qui a le clavier, Dave.

– Oui, oui. Mais des suggestions, peut-être ?

– On n'a aucun indice de lieu, réellement. Juste ce nom de « Lord Leighton », a fait Vera. C'est pas lourd.

– J'ai déjà tapé Lord Leighton sur Google, ça ne nous avance pas trop. Il y avait un Lord Leighton qui était peintre, mais après ?

– Peintre quand ? a demandé Vera.

– Mmm, XIXe siècle. C'était un copain des... attends... des préraphaélites ?

– De qui ? s'est étouffé Chuck.

- Des préraphaélites. Un mouvement de peintres. Tu connais ?

- Oui. À cause d'une pochette de 45T de Roxy Music. Il y a une de leurs peintures dessus.

J'ai levé les yeux au ciel.

- Tu me fais presque peur, mon bon Chuck.

Vera s'est levée de mon lit. Enfin, non : pour se lever, il aurait fallu qu'elle utilise ses deux jambes et qu'elle avance vers moi. En fait, elle s'est plutôt laissée glisser jusqu'au sol, avant de ramper plus ou moins. Une fois à mes côtés, elle a dit :

- Et il habitait où, ce monsieur Leighton ?

- Qu'est-ce que j'en sais, moi ? Sur Wikipédia, ils ne donnent pas l'adresse des gens, juste leur bio !

- Bah, ça dépend peut-être de qui on parle.

- Je n'ai rien trouvé sur sa fiche.

- Parce que tu ne sais pas chercher, je suis sûre. Passe moi le clavier.

Je me suis poussé et Vera a commencé à tapoter. Au bout de deux minutes, à mon grand désarroi, elle a poussé un cri de victoire :

- Ah ah ! Là !

J'ai approché mon nez de l'écran.

- Là quoi ?

- Leighton Museum. Tu es bigleux, ou quoi ?

- Oh, ça va ! J'ai bien vu qu'il y avait un Leighton Museum, tu crois quoi ? Et alors ?

- Tu as lu ce que c'était ?

- Ben... Non.

Vera a eu un air moqueur.

- Eh bien, je pense que tu aurais dû. Regarde : ce musée est en fait une petite maison victorienne. Et c'est la maison où il habitait de son vivant !

C'était peut-être aussi simple que ça. Était-il possible que notre secte d'illuminés ait trouvé un moyen de se réunir dans un musée ? Après tout, pourquoi pas. Les musées sont des lieux bizarres, avec des énergies particulières. Ça n'était pas délirant. Pas plus que le reste, en tous les cas.

Chuck s'est levé pour mettre un autre disque, récent cette fois. Puis, il s'est agenouillé à nos côtés.

- Leighton Museum, a-t-il dit. Ça pourrait coller, non ? L'un des types y travaille peut-être. En tous les cas, ça ne m'étonne pas trop. Regardez ! On dirait un film fantastique, ce décor !

J'ai réfléchi, puis :

- Supposons que ça soit bien là. Ok. Ça expliquerait pourquoi le message disait « Lord Leighton sera de sortie » : une manière de dire que le lieu est libre exceptionnellement. C'est déjà pas mal, mais après, il faut qu'on puisse rentrer. Il y a cette histoire de mot de passe.

- Rappelle-nous ce que c'est ? a demandé Vera.

- De mémoire : « c'est le nom de sa nymphe ».

Vera est restée pensive, avant de déclarer :

- Sûrement le nom de sa petite amie, vous ne pensez pas ?

J'ai secoué la tête.

- D'après ce que j'ai lu, Lord Leighton n'était pas très intéressé par les femmes.

- Pfff, il n'y a pas plus complet que Wikipédia ? a protesté Vera.

- Bien sûr que si, j'ai répondu. Mais l'ampleur de la tâche me fait peur par avance. Tu as vu toutes les pages qui parlent de lui ?

On faisait chauffer nos têtes quand tout à coup, Chuck a eu un éclair de génie :

- Un de ses tableaux.

- Quoi ?

- La nymphe, là. C'est forcément un de ses tableaux. J'en mettrais ma main à couper. Cherche la liste de ses œuvres.

Je n'ai pas mis longtemps à la trouver. Et en la parcourant, victoire : il y avait bien un tableau appelé *Actaea, The Nymph Of The Shore.* Tout se mettait bien en place.

- Actaea, donc ? Bon. On a le lieu, on a le mot de passe, ai-je fait. Enfin, on peut le croire.

- Si ça se trouve, on va se retrouver comme trois andouilles devant un musée vide, a fait Vera. On n'aurait pas l'air malin.

- Qui ne risque rien n'a rien, hein ? Il y a juste quelque chose que...

- Quoi ? a demandé Chuck mollement.

- Je me demande si on ne devrait pas tout simplement appeler la police et leur dire ce qu'on vient de trouver. Pourquoi prendre des risques inutiles ? Ces types ont déjà commis un vol, ils sont peut-être dangereux. On n'est pas des détectives de romans pour la jeunesse, après tout.

Vera m'a regardé d'un air soupçonneux, et tout en fronçant les sourcils :

- Et puis, comme ça... on aurait notre soirée de libre.

J'étais tellement dans le feu de l'action que je n'ai même pas compris l'allusion. Et constatant cela, Vera n'a pas insisté. Chuck a tranché :

- Non, il faut y aller. Ne serait-ce que pour voir. Si on a la confirmation que le Studer J37 est là-bas, on appelle la police et on s'en va en vitesse. Ok ?

- Oui, si on peut. Peut-être qu'on ne pourra pas, voilà bien le problème. Enfin.

Vera a soupiré :

- Il n'y a pas autre chose qui vous pose problème ?

- Quoi donc ?

- Je suppose que là-bas, on s'attend à voir des adultes, pas des adolescents. Notre seule présence sera suspecte en soi, qu'on ait le mot de passe ou pas.

Je n'avais bêtement pas pensé à cette évidence. C'était imparable. Je ne pouvais absolument pas passer pour un adulte, même dans la pénombre. Vera non plus. Chuck était déjà grand, en revanche, mais pas tellement plus crédible au final.

- Retour à la case départ ? a demandé Vera.

- Je ne sais pas, ai-je fait. On peut y aller, voir ce que ça donne, et improviser.

- Et si on prévient Thomas ? a suggéré Chuck. Peut-être que...

Je l'ai interrompu :

- Je ne sais pas trop, vraiment. Tout cela est tellement bizarre. Essaie de voir ça de l'extérieur : tu te lancerais dans un truc pareil, si tu étais une rock star hyper-connue ? Je veux dire, te rendre à une réunion secrète à l'autre bout de Londres, parce que tu *supposes* que des fous vouent un culte à un magnétophone ?

Il y a eu un silence gêné.

- Vu comme ça, c'est sûr que c'est problématique, a fait Chuck. Ouais.

Vera s'est levée en frappant sur ses cuisses.

- Bon, je suis morte, moi ! Je ne sais pas ce qu'on fera demain, mais je sais ce que je vais faire maintenant : rentrer et dormir ! Je ne devais pas rentrer tard.

- Je vais faire pareil, a dit Chuck.

- J'appelle mon père, il insistait pour venir me chercher, a dit Vera. Pff, pour cinq minutes de marche, vraiment... il s'inquiète trop !

On est retournés au salon, en attendant l'arrivée du père de Vera. Chuck a levé le camp en même temps : il avait moins de chemin à faire, habitant la porte à côté au sens strict. Une fois dans ma chambre, je m'apprêtais à sauter dans mon pyjama quand, sans y réfléchir, j'ai mis la main dans la poche de mon pantalon. J'ai alors senti un bout de papier sous mes doigts. Mais bien sûr! Ce n'était pas n'importe quel bout de papier mais *le* bout de papier, celui sur lequel figurait le numéro de téléphone de Patty Asher. Aussi incroyable que cela puisse paraître, je l'avais presque oubliée, tellement on avait été obsédés par toute cette histoire. Que faire ? J'ai regardé l'heure : presque dix heures du soir. Elle ne dormait peut-être pas. Mais si elle dormait, j'aurais l'air de quoi ? Et puis non, ça n'allait pas. Imaginons que je l'appelle : cela aurait été pour lui dire quoi ? A priori, je n'allais pas aller à sa soirée. Je ne pouvais donc pas l'appeler pour lui dire ça. Pas à cette heure.

Je me suis mis à repenser à toute cette histoire de magnétophone hanté. Est-ce que cela avait du sens ? Est-ce qu'on n'était pas en train de s'embarquer dans quelque chose de complètement délirant ? Peut-être que le mieux à faire, pour des jeunes de notre âge, c'était tout simplement d'accepter cette invitation, d'oublier le vol du magnétophone et de laisser la police faire son travail. Oui, c'était sans doute ça le plus simple. Mais le pensais-je vraiment, ou est-ce que j'essayais de me convaincre, pour être libre d'aller chez Patty Asher ? Et même si j'appelais Patty, que je lui disais que je venais, quelle réaction aurait Vera ? Elle n'avait pas l'air de prendre tout cela très bien. Je ne pouvais pas courir le risque de me fâcher avec elle. D'autant que... non, je préférais ne pas y penser.

Tout cela me faisait tellement mal au crâne que je suis retourné à la cuisine, et que je me suis assis devant le bar américain, les bras croisés. Il n'y avait qu'une toute petite lumière allumée, celle au-dessus des plaques chauffantes.

C'est alors que j'ai entendu une voix derrière moi. J'ai sursauté, et j'ai senti la main de mon père qui se posait sur mon épaule.

- Oh, *dad*, c'est toi ? J'ai eu peur !

- Tu ferais un très mauvais ninja, fiston.

- Tu sais, les ninjas, c'est pas mon truc.

Mon père, sans rien répondre, a ouvert la porte du frigo pour en sortir un morceau de cheddar. Il s'est assis à côté de moi, et a dit :

- Je te fais un milk-shake ?

- À cette heure ?

- Ça t'aidera peut-être à dormir.

- Mais ça va réveiller maman !

- Oh, elle ne dort pas. Et elle n'entendra rien non plus : je crois qu'elle est en train de regarder une série au casque sur son ordinateur.

- Dans ce cas, je veux bien.

Mon père s'est affairé avec divers ustensiles, puis, sans transition, il m'a demandé :

- C'est quoi, le problème avec Vera ?

Je me suis étranglé.

- Quoi... qu... quel problème ?

- Je vois bien qu'il y a quelque chose.

- De quoi tu parles ?

Mon père a cherché une prise libre pour brancher le mixeur, et ce faisant, a répondu :

- Tu sais... La tête que tu fais. La tête que Vera fait. J'ai bien vu que quelque chose clochait, pendant le repas.

- Tu te fais des idées.

Je n'avais pas dû être si convaincant que ça, parce que mon père est reparti à l'attaque :

- Non, non, je connais bien ces têtes. Alors, j'ai plusieurs hypothèses, en fait. Mais je n'ai pas tellement envie d'en parler moi. Je préfère que tu me dises, toi, avec tes mots, ce qui ne va pas.

Comme je ne répondais rien, il a insisté.

- Je sais, c'est embarrassant. On n'a pas envie d'en parler. En général, et a fortiori, pas avec ses parents. On a déjà du mal quand c'est avec les copains, pas vrai ? Mais tu vois...

Il a déclenché le mixeur. Je pense qu'on l'a entendu jusqu'à South Kensington.

- Tu vois, il a repris, je pense que ça peut aider de discuter avec quelqu'un qui est passé par là. J'adore mon neveu Chuck, mais... il ne te sera pas d'un secours immense dans cette affaire.

Il a posé un grand verre de milk-shake au chocolat devant moi, une paille plantée bien droite dedans. Apparemment, il fallait que je me lance. Alors je me suis lancé.

- Bon, ben... J'ai été invité à une fête, demain soir. Chuck aussi, mais j'ai l'impression que c'est surtout moi qui...

- ... qui quoi ?

- Bah, tu sais.

- Mmm, je vois. Continue. Ça se passe chez qui ?

- Patty Asher.

Mon père s'est frotté le menton.

- Patty Asher... La fille de Paul et Dao Asher ?

- Je n'en sais rien. Je crois qu'ils habitent sur Makepeace Avenue.

- Oh, c'est donc bien la fille de Paul et Dao. Ok, je vois, on s'est déjà croisés à une réunion de parents. Hum... Bravo.

- Bravo quoi ?

- Ben, je suis fier de toi. Elle est très jolie, leur fille.

- Oh, *dad, please*...

- Bon, ça va, je me tais. Continue ?

- Le truc, c'est qu'on avait déjà prévu quelque chose avec Chuck et Vera. En soi, c'est pas grave, sauf que Vera n'est pas invitée. Et moi, je ne sais pas trop quoi penser. Je ne sais pas qui j'ai envie de vexer. Enfin : je n'ai envie de vexer personne. Mais plutôt : je sais pas trop qui je dois ménager.

Mon père a avalé un bout de cheddar, et j'en ai profité pour prendre une rasade de milk-shake.

- Pas facile, ces histoires, Dave. Je sais bien. On en a tous connu.

- Toi aussi ?

- Oh oui, comme tout le monde. Les miennes ne sont pas plus intéressantes que d'autres.

- Bon, et tu as une solution ?

- Non.

J'ai soupiré, et mon père a ajouté :

- Je voulais que tu me parles, mais pas pour que je puisse te donner un conseil. Chaque cas est différent, et c'est ce que tu penses toi qui va compter. Encore faut-il penser avec les idées claires. Et il n'y a qu'en parlant que tu peux te mettre les idées au clair.

- Tu as sans doute raison.

- Ce que je peux te dire, c'est ceci. Vera est ta meilleure amie.

- Donc, je ne contrarie pas Vera ?

- Ce n'est pas ce que je voulais dire. Je pense que quoi que tu fasses, Vera sera toujours ton amie. C'est ça que tu dois garder en tête.

- Sans doute. Mais j'avais l'impression qu'en ce moment... Je ne sais pas... Vera a changé d'attitude avec moi. Comme si elle était plus proche, quoi.

Mon père a posé une main sur mon épaule.

- Vous êtes très jeunes, tu sais. Tu n'es pas en train de prendre la décision de ta vie, crois-moi. Ce n'est qu'une soirée : quoi que tu choisisses de faire, il n'y aura rien d'irréversible. Je peux te le garantir.

- Tu crois ?

- J'en suis certain.

- Ça m'aide. Un peu. Mais ça m'aide quand même.

- C'est déjà ça !

J'ai fini mon milk-shake. Mon père a ajouté :

- En tous les cas, ne décide rien ce soir. Ce ne serait pas une bonne idée. Va dormir, écoute toi un disque au casque avant si tu veux... Mais ne stresse pas !

- Ok, *dad*.

- Au fait !

- Oui ?

- Qu'est-ce qu'il peut y avoir de plus excitant que d'aller à une soirée chez Patty Asher ? Tu ne m'as pas dit.

- On pensait s'introduire dans un musée où une secte se réunit pour ressusciter un chanteur mort, dont l'esprit est enfermé dans un magnétophone quatre pistes.

Mon père a hoché la tête.

- Ok. À ta place, je pense que j'hésiterais aussi. Bonne nuit.

CHAPITRE XII

On dit que la nuit porte conseil. Dans mon cas, elle n'avait rien apporté du tout. Ni conseil, ni rien. Un peu de repos quand même, et encore : je n'ai pas eu un sommeil franchement serein.

À l'école, j'ai retrouvé Chuck et Vera comme à notre habitude. Je sentais, à leur voix, à leur tête, qu'ils commençaient à se demander si on ne faisait pas n'importe quoi. S'il ne fallait pas tout simplement renoncer à notre expédition du soir, appeler Thomas tranquillement et attendre que les policiers retrouvent la trace de son magnétophone. Après tout, ils sont payés pour ça : comment pouvions-nous faire mieux ?

Mais le problème, ce n'était pas seulement ça. Je n'avais pas appelé Patty Asher. L'honneur qui m'avait été fait allait se retourner contre moi. Je l'avais sûrement vexée en l'ignorant, et je risquais un retour de flammes assez sévère. Pendant toute la matinée, donc, j'ai soigneusement choisi mon itinéraire pour être sûr de ne jamais tomber nez à nez avec elle ou sa copine Mel. C'est pour ça qu'à un moment, Vera m'a dit :

- Dave, tu sais...

- Oui ?

- Tu peux être pathétique, quand tu veux.

J'ai préféré ne rien répondre.

L'heure du déjeuner est arrivée. Et à ma grande horreur, je me suis retrouvé dans un couloir au bout duquel - et je ne pouvais plus y échapper - il y avait Patty, Mel et quelques copines à elle en grande discussion. Bien sûr, il restait la solution de la fuite. Rien ne m'empêchait de tourner les talons, trouver un autre escalier, courir de toutes mes forces et me jeter dans la Tamise de dépit. Mais ce n'était pas forcément la solution la plus courageuse. En réalité, le problème était le suivant : je ne savais absolument pas quoi décider. Car, il fallait bien que je me l'avoue, je n'avais nulle envie d'aller la voir et de lui dire « non, désolé, je ne viendrai pas ce soir ». Et puis, elle ne voudrait peut-être plus me parler après mon non appel.

J'ai senti Vera tendue; elle guettait ma décision. Alors, finalement, il s'est passé quelque chose de très étrange : je suis parti d'un coup, droit devant, le cerveau en ébullition, le pas décidé. Mel et Patty m'ont vu arriver, et elles ont légèrement détourné la tête, comme si elles voulaient m'ignorer. C'était d'ailleurs le cas. Mais à ce moment précis, je savais que je faisais exactement ce qu'il fallait.

- Hello Mel. Et hello Patty, ai-je annoncé avec un aplomb qui m'étonnait moi-même.

- Salut, a fait Mel du bout des lèvres.

Patty, elle, ne m'a pas répondu. Mais je ne sentais pas d'agressivité dans son regard : elle me testait, de toute évidence.

- Patty, ai-je dit, je peux te parler?

Elle a à peine sourcillé.

- Vas-y, je t'écoute.

- Non, te parler vraiment. Seul à seul.

- Dis donc... a commencé Mel.

- C'est bon, Mel, l'a interrompue Patty. Pourquoi? Tu as quelque chose de si important à me dire, alors qu'on ne se connaît pas?

- Je sais. Si c'est important ? Peut-être pas, mais c'est privé, en tous les cas.

Je l'ai sentie hésitante. Tout cela était un drôle de jeu : je ne devais pas perdre la face, et elle non plus ne devait pas montrer qu'elle cédait devant ses copines. Finalement, elle m'a décoché un nano-sourire, et m'a dit :

- Ok, ça marche. Les filles, j'en ai pas pour longtemps, je reviens.

On est descendus tous les deux dans la cour, et je lui ai proposé un banc. Elle s'est assise en mettant une bonne distance de sécurité entre nous deux.

- Alors ? Qu'avais-tu à me dire, Dave ?

- Tout d'abord, je voulais m'excuser de ne pas t'avoir appelée hier soir.

- Tu avais mieux à faire, j'imagine. Ce n'est pas grave.

- Ce n'est pas grave. Mais ce n'était pas très poli. Enfin, pas très sympathique pour toi.

- Si tu veux savoir, c'était même un peu vexant.

Je l'ai regardée un court instant. Assez pour bien voir à quel point elle était belle, et suffisamment peu pour que ça ne la gêne pas. Là encore, c'était un drôle d'équilibre à trouver.

- Désolé pour ça. En fait, j'étais intimidé. Je ne suis pas un garçon très courageux.

- Ce n'est pas ce qu'on dit ! Il paraît que quand tu as rencontré Thomas Fitzgerald...

- Hum, Patty ?

- Oui ?

- Je peux te poser une question très franchement ?

- Oui, vas-y.

- Qu'est-ce qui t'a donné envie de me donner ton numéro de téléphone ? Moi... ou le fait que je connaisse Thomas Fitzgerald, justement ?

Elle a rougi.

- J'avoue, c'est bien parce que j'ai eu vent de votre amitié que j'ai également su que tu existais. Ça doit être quand même assez fou, non ? Je veux dire : connaître une...

Je l'ai interrompue :

- Oui, c'est dingue. Complètement dingue. Mais ça ne répond pas à ma question. Ou peut-être que si ?

- Non, je n'avais pas fini. Donc... Oui, c'est à cause de ça au départ, mais... Je me suis un peu intéressée à toi. Et je trouve que... Que tu es charmant, voilà.

Les battements de mon cœur ressemblaient à un solo de batterie de Ginger Baker.

- C'est gentil à toi, j'ai dit. Et je ne vais pas te dire que tu es très belle, tu dois le savoir. Et on a déjà dû te le dire plein de fois.

- Ça fait toujours plaisir à entendre quand même, tu sais.

Elle m'a souri : je n'en revenais pas d'être aussi bon ! Maintenant, j'attaquais le moment difficile.

- Pour ce soir...

- Oui ?

- Je ne sais pas si je pourrai venir.

- Oh... d'accord. Tu as prévu quelque chose, c'est ça ?

- Oui.

- Avec... comment elle s'appelle... Vera ?

- Avec Vera et Chuck.

- Donc... Chuck ne viendra pas non plus ?

- Je ne pense pas.

Elle faisait beaucoup d'efforts pour cacher sa déception.

- D'accord. Je vous ai prévenus un peu tard. Mais dis-moi...

- Oui ?

- Je n'ai pas invité Vera. Dis-lui qu'elle peut venir.

Mince, je n'avais pas pensé à une complication de ce genre.

- Ah, tu crois ?

- Pourquoi pas.

Bon, il fallait que je fasse un point dans ma tête. Si Patty s'intéressait à moi pour de bon, pourquoi elle invitait Vera ? Deux solutions. Un : parce qu'en fait, elle ne s'intéressait pas *vraiment* à moi. Deux : parce qu'elle préférait que je sois là avec Vera que pas là du tout. Mais si c'est ça, pourquoi s'encombrer de Vera ? C'était pire qu'une partie de poker, tout ça. Je devais penser vite, très vite. Et finalement, sans que je puisse contrôler ce qui sortait de ma bouche, j'ai dit :

- Et pourquoi tu ne viendrais pas avec nous, plutôt ?

Elle m'a regardé avec des yeux ronds. D'ailleurs, si j'avais pu me regarder moi-même avec des yeux ronds, je ne m'en serais pas privé non plus. Qu'est-ce que je venais de dire ? Pourquoi avais-je proposé un truc pareil ? J'avais encore l'espoir qu'elle refuse. Après tout, elle organisait une soirée : elle n'allait pas l'annuler juste pour moi. Sa réponse n'était pas celle que j'attendais.

- Parle-moi un peu de ce que vous allez faire. Ça m'a l'air passionnant !

Misère ! J'étais au pied du mur. C'est moi qui m'étais mis dans ce pétrin tout seul. Je ne pouvais pas lui expliquer quoi que ce soit, c'était ridicule. Et c'était trahir la confiance de Chuck et Vera, en plus du reste.

- Écoute, Patty, je ne voudrais pas que tu annules tous tes plans pour moi.

Je l'ai sentie sur la défensive :

- C'est toi qui as proposé !

- Bien sûr, mais... Oh, j'ai peur de paraître bête. Bon, tu veux vraiment savoir ?

- Je t'écoute.

Après tout, le meilleur moyen d'en finir, de m'achever, de m'enterrer à jamais, c'était sans doute de lui dire la vérité :

- Très bien. Il y a quelques jours, Thomas Fitzgerald a acheté un magnétophone quatre pistes très ancien, sur lequel des artistes avaient enregistré des disques très connus dans les années 60. Seulement, trois d'entre eux sont morts dans des circonstances mystérieuses. Une légende voudrait que ce soit à cause de cette machine. La troisième victime venait de finir l'enregistrement d'un album culte, où il expliquerait que le magnétophone était hanté par un démon, et qu'il luttait contre lui. Le chanteur aurait réussi à faire fuir le démon, mais ce faisant, son esprit aurait à son tour été capturé par la machine. Certaines personnes pensent qu'elles peuvent ramener le chanteur à la vie, et ont volé le magnétophone de Thomas. On croit savoir où il est. Et on compte y aller pour le récupérer. Ou au moins, aider à le récupérer. Tu sais tout.

Je venais de toute évidence de signer mon arrêt de mort. C'était logique, et je ne pouvais absolument pas en vouloir à cette pauvre Patty. J'ai attendu sa réponse, qui tardait un peu à venir. Et soudain, je l'ai vue pouffer. Oui : pouffer ! Je pensais qu'elle allait me mettre une claque, se lever sans rien dire, mais certainement pas pouffer. Elle m'a touché du bout des doigts (j'ai eu l'impression de prendre une décharge électrique de 10 000 volts), et a dit d'une voix gaie :

– Alors toi, tu n'es pas banal du tout. Je m'attendais à tout sauf à ça ! Ce que tu es drôle !

- Je suis... drôle ? Tu as dit « drôle », c'est bien ça ?

- Ah ça oui ! C'est d'accord, en tous les cas.

J'étais au bord de la crise de panique.

- D'accord ? Qu'est-ce qui est d'accord, au juste ?

- Eh bien... pour ce soir ! Je vais annuler ma soirée et venir avec vous. Ça a l'air d'être beaucoup plus amusant.

C'était une tempête sous mon crâne.

- Attends... Tu veux venir avec nous... malgré tout ce que je t'ai dit ? Malgré cette histoire de fous ?

- Mais oui. Tu ne veux plus ?

Elle avait pris une moue boudeuse absolument irrésistible.

- Si, si, bien sûr que je veux, mais... Enfin, ça ne va pas te causer des ennuis ?

- Des ennuis ? Mais je fais ce que je veux ! C'est ma fête. Il y en aura d'autres.

- Euh... super... ai-je dit d'un ton morne.

- Tu n'as pas l'air ravi ?

- Si, si, si, je te promets que si !

- Bon ! Alors à tout à l'heure. Rendez-vous où ?

- J'ai ton numéro, comme tu sais. Je te préviendrai.

- Génial ! Bye !

Elle s'est levée, toute heureuse, après m'avoir fait un bisou sur la joue. Je suis resté sur mon banc, liquéfié, abasourdi, assommé, incapable d'aligner deux pensées cohérentes. Que venais-je de faire ?

Il m'a fallu cinq bonnes minutes pour trouver la force de me relever. J'ai cherché Vera du regard : elle n'était plus là. De toutes les manières, était-ce le bon moment pour lui annoncer que notre soirée risquait d'être un peu différente de ce qui avait été prévu ? La mettre devant le fait accompli n'était pas tellement plus inspiré.

On s'est retrouvés en cours, un peu plus tard. Elle avait gardé sa place à côté de moi, et m'a accueilli avec un sourire. Un sourire franc, mais qui cachait quelque chose de déplaisant. Elle ne me faisait pas la tête : elle était triste. Quelle horreur ! Et tout était de ma faute. Comment trouver un moyen de lui expliquer sans aggraver mon cas ? J'avais encore quelques heures pour y réfléchir.

Mais je savais que je n'allais pas trouver de solution.

CHAPITRE XIII

Le moment de vérité était arrivé.

Officiellement - c'est-à-dire, pour mes parents - j'allais à la fameuse soirée de Patty... qui n'avait plus lieu. Il ne fallait donc, sous aucun prétexte, que nos parents rentrent en contact. Mais a priori, il n'y avait pas de raison. Cela sous-entendait quelques détails logistiques, mais c'était le cadet de mes soucis.

Non, le véritable problème, c'est qu'à aucun moment dans la journée je n'avais osé avouer à Vera et Chuck que Patty allait nous accompagner. Et quand elle est venue nous retrouver devant l'entrée du métro où l'on avait rendez-vous, aux alentours de 18 h, j'ai senti comme un grand vent glacé qui soufflait depuis l'endroit où se tenait Vera.

- Patty Asher, a grincé Vera entre ses dents. Qu'est-ce qu'elle fait là ?

- Elle...

Je n’arrivais pas à finir ma phrase.

- Elle vient avec nous ! C’est ça que tu allais dire, pas vrai ?

- Pas du tout. Euh, si, complètement, en fait. Elle vient avec nous. Hey, salut Patty !

- Salut Dave !

Patty a ensuite tourné la tête vers Chuck.

- Chuck, ravi de faire ta connaissance.

- Moi de même ! s’est empressé de dire mon balourd de cousin.

Puis, Patty a regardé Vera. En réalité, le terme exact serait « scanné ». Ça n’a pas duré longtemps, mais on avait l’impression qu’elle lui faisait subir une sorte d’examen médical approfondi. Une radio complète. Elle analysait chaque mèche de cheveu, chaque détail de vêtement, jusqu’au bout de ses chaussures. Puis, avec un sourire un peu forcé, elle a dit :

- Tu dois être Vera ! Je suis contente de te connaître, Dave m’a parlé de toi.

- Ah oui ? a fait Vera. Vous vous parlez depuis longtemps ?

- N... non, depuis aujourd’hui en fait !

- Mais il t'a parlé de moi.

- En quelque sorte, oui.

- En quelque sorte... a répété Vera.

Le moment était venu d'officialiser les choses :

- Chuck, Vera... La conversation, ce matin, s'est un peu déportée sur notre petite équipée, et... Voilà, Patty a souhaité nous rejoindre. Après tout, plus on est de fous !

- Plus on rit, ouais, a complété Vera. Ce qui est fait est fait, pas vrai ?

Chuck s'est quant à lui exprimé sur un registre plus enthousiaste :

- Super nouvelle, bienvenue, Patty !

Je suppose que Patty ne s'attendait pas à ce que Vera l'accueille à bras ouverts. Il allait falloir attendre la suite.

On est rentrés dans le métro en silence. Il s'agissait de prendre la Northern Line jusqu'à King's Cross, puis la Victoria jusqu'à Pimlico. De là, il y avait encore un peu de marche. On en avait pour plus d'une demi-heure, et elle s'annonçait absolument mortelle.

Je me suis assis à côté de Vera qui, aussitôt, a changé de place pour aller rejoindre Chuck en face de moi. Je me suis donc retrouvé à côté de Patty. Enthousiaste, celle-ci a demandé :

- Quel est le plan, alors ?

- On ne sait pas trop, ai-je avoué. On va voir comment ça se présente.

- Tu ne m'as même pas dit où on allait ?

- Au Leighton Museum.

- Oh ! Je connais bien !

J'ai frémi :

- Tu... connais bien ?

- Oui ! Ce n'est pas le musée le plus connu à Londres, mais j'y suis déjà allée avec mes parents. Vous allez voir, c'est fabuleux. On ne dirait pas du tout un musée, d'ailleurs. Plutôt une maison.

J'ai frappé dans mes mains :

- C'est plutôt une bonne chose si quelqu'un connaît déjà un peu les lieux, pas vrai ?

Mon entrain était très forcé. Trop. Et ça se voyait.

Après une minute d'un silence qui m'évoquait les pires heures de mes cours de chimie, Patty s'est penchée en avant, en direction de Vera, et lui a dit :

- Dis donc, j'aime beaucoup ta veste.

- Tu n'es pas obligée de dire ça pour me faire plaisir, tu sais, a rétorqué Vera avec sècheresse.

Sans se démonter, Patty a continué :

- Mais je ne parle jamais pour rien dire. Tu l'as eue où ?

- À... Camden.

- La boutique de fripes dans l'étage intermédiaire ?

- Non, celle du sous-sol. La grande, avec pas mal de vestes militaires, etc.

- Ah oui, je vois. Eh bien, très bon choix, si tu veux mon avis.

- Merci.

Vera avait été un peu déconcertée par cette tentative de briser la glace. Patty savait y faire, et son intention était évidemment de ne pas se faire une ennemie. C'était mal parti, mais pas désespéré.

- Tu aimes écouter de la musique ? a demandé Chuck à Patty.

- Bien sûr ! Qui n'aime pas la musique ?

- Oui, enfin... Il y a musique et musique.

- Tu veux savoir si j'écoute du rock ? Oui. Moins de « vieux rock » que vous, si j'ai bien compris. Mais je prends aussi des cours de flûte traversière, alors...

- ... ah, a fait Chuck d'un air déçu. Donc, tu écoutes aussi beaucoup de classique.

- Non, pas du tout. Plutôt du jazz, en fait. Mais l'un n'empêche pas l'autre : on peut tout aimer, pas vrai ?

Petit à petit, on s'est tous un peu détendus. Même Vera, qui a commencé à échanger avec Patty sur autre chose que les vêtements. Quand on a débarqué à Pimlico, la nuit presque installée, les choses avaient quand même plutôt bien évolué. En tous les cas, le problème immédiat n'était plus que Vera et Patty s'entretuent. C'était ça de pris.

Au bout de quelques mètres, j'ai reçu une goutte. Puis une deuxième. Bientôt, un bon orage à la londonienne a éclaté au-dessus de nos têtes : c'était assez raccord avec ce qu'on s'apprêtait à faire, mais pas très pratique. On a couru comme des fous en se protégeant avec nos vestes. Enfin, Vera, Chuck et moi. Parce que Patty, elle, avait prévu son coup, et a sorti un petit parapluie pliant d'un sac. Elle nous l'a proposé (oui : même à Vera), mais on avait notre fierté.

On a fini par atteindre les abords du musée. En fait, rien ne laissait penser qu'il y avait un musée dans les environs. C'était une rue tout ce qu'il y a de résidentiel, avec des beaux bâtiments, où des gens certainement très fortunés devaient habiter. Le musée était lui-même une maison comme les autres. Enfin : pas tout à fait comme les autres tout de même. Tout en briques, il comportait une aile droite assez ordinaire, avec un porche anonyme. Mais quand on regardait mieux sur la gauche, on distinguait une architecture un peu plus tarabiscotée, et même une sorte de dôme oriental surplombant l'ensemble. En passant un peu vite dans la rue, toutefois, on n'y aurait certainement vu que du feu. Maintenant, il allait nous falloir rentrer. Et on ignorait totalement ce qu'il pouvait y avoir derrière cette porte sombre. Qui pouvait être assez fou pour croire à toutes ces histoires de malédictions, de démons, etc. ? Jusqu'où étaient-ils capables d'aller dans leur délire ? Pouvaient-ils vouloir nous faire disparaître ?

On s'est rapprochés tous les quatre, et j'ai dit :

- À partir de maintenant, le sort en est jeté. On se jette peut-être dans la gueule du loup. Mais si ce qu'on a deviné se vérifie... alors, on aura enfin retrouvé Miss Kensington. Et il faudra agir très vite.

Nous enfuir, sans doute, et prévenir la police. Quoi qu'il arrive, on ne se lâche pas ! Entendu ?

- Entendu, ont fait Vera, Chuck et Patty.

- Maintenant, on va...

Je n'ai pas eu le temps de finir ma phrase. Un individu au visage émacié, vêtu d'un imperméable ruisselant, s'était planté à côté de nous, et nous observait avec une expression de pitié.

- Jeunes gens... a-t-il commencé.

On aurait pu hurler. Mais on a réussi à se retenir.

- Vous êtes trempés.

On s'est regardés : c'était vrai. À part Patty.

- Vous ne voulez pas vous réchauffer à l'intérieur ? Vous êtes loin de chez vous ?

À l'intérieur ? De quoi pouvait-il parler ? Je n'ai pas tardé à avoir ma réponse : il montrait le musée. Chuck, tout à coup, a fait un pas en avant et a dit d'un ton ferme :

- Actaea !

Le monsieur a observé Chuck avec un œil un peu troublé. Mais il faut dire qu'il tombait des seaux d'eau et que n'importe qui aurait eu l'air troublé. Après cinq secondes, le monsieur a dit :

- Vous... vous venez pour la « cérémonie » ?

(Il y avait des guillemets dans sa voix. On pouvait les sentir quand il a prononcé le mot « cérémonie »).

Je suis venu en aide à Chuck.

- Oui, c'est ça. Nous sommes là pour... l'entendre. Enfin, vous savez... *Lui* !

L'homme a souri.

- Dans ce cas, je constate avec plaisir que ce n'est pas le hasard qui vous a mené ici. Bien, très bien. Vous êtes bien jeunes, mais qu'importe ! Suivez-moi.

On lui a obéi, morts de peur.

Dès le premier pas dans le musée, on a été éblouis. Rien de moins. Même Patty, qui était déjà venue dans des circonstances plus normales, affichait une mine admirative. Le hall, en lui-même, était déjà un enchantement. Les murs étaient recouverts de faïences d'un bleu que je n'avais jamais vu ailleurs que dans le ciel. Et encore ! Tout cela était très délicatement rehaussé de filets en or. Les éclairages accentuaient la beauté du rendu. On se sentait transportés dans un autre univers. Le plus étrange, c'est que cela ne ressemblait pas à un musée, mais bien à une maison. D'ailleurs, c'était bien comme cela que les choses s'étaient passées à la base : un hôtel particulier transformé en petit musée de la vie romantique victorienne. Du coup, l'impression de froideur était moindre que dans n'importe quel autre musée.

Une fois la surprise passée, j'ai commencé à m'intéresser aux personnes présentes. Il y avait un groupe d'environ huit personnes (cinq hommes et trois femmes), dont les âges oscillaient entre trente et soixante ans. À peu de choses près. L'une des femmes, habillée d'une blouse assez stricte, a levé un sourcil sceptique en nous voyant débarquer. L'homme qui nous avait accueilli, à l'extérieur, lui a alors dit :

- Ils connaissaient le mot de passe !

- Vraiment ? a fait la femme, étonnée. Mais ils sont tellement jeunes.

- Et pourtant. Que veux-tu : il y a des choses qui transcendent les âges !

- Il faut croire.

Elle s'est approchée de nous et nous a serré la main. Puis, elle s'est présentée :

- Je m'appelle Kim. Je vais prendre vos vestes, vous allez mourir de froid. Et puisque vous connaissez le mot de passe...

Nos vestes dans les bras, elle est passée derrière le comptoir qui, d'ordinaire, servait à accueillir les visiteurs. Elle en a alors ressorti quatre badges qu'elle nous a épinglés sur la poitrine.

- Voilà ! Le badge officiel de cette journée spéciale ! a-t-elle annoncé fièrement.

Sur le badge, on pouvait lire en noir sur rouge « *73 already* ». C'était une allusion aux paroles de la chanson *Just Red*. Tout se recoupait.

J'ai regardé les copains, qui avaient l'air aussi perdus que moi. Dans quel guêpier avais-je traîné Patty ? Vera et Chuck, encore, ils avaient l'habitude.

- Cela n'a pas encore commencé, vous êtes un peu en avance, a continué Kim.

- Oh, j'avais oublié de mettre l'heure, sur le forum, a précisé l'homme mystérieux.

- Ah, d'accord ! ai-je rétorqué nerveusement.

- En attendant, vous pouvez vous promener un peu dans le musée. Ce n'est pas tous les jours qu'on a la chance de l'avoir pour soi ! Andrew, le « chef » de notre petite communauté, est un ami du conservateur. Il nous permet de privatiser le musée de temps en temps.

On s'est éloignés, interdits. Tout cela était très paradoxal. Parce qu'en fait, tout cela semblait de plus en plus *normal*. Je m'attendais à ce que l'on plonge dans un univers de mystères, que l'on assiste d'emblée à des messes noires, mais non : ces gens semblaient absolument ordinaires, plutôt gentils. Pas du tout du genre à sacrifier trois adolescents pour libérer l'esprit d'un chanteur mort.

On est partis sur la gauche, un peu au hasard. Là, on est tombés en pâmoison devant une petite salle de style oriental, somptueusement décorée d'arabesques, au milieu de laquelle on entendait clapoter l'eau d'un bassin. Au-dessus de nos têtes, on reconnaissait le dôme que l'on avait aperçu de l'extérieur. La beauté de son ornementation dépassait tout ce que j'avais pu voir dans ma vie : ces couleurs, ces motifs... C'était un festin pour les yeux. Tout autour de la salle, il y avait des bancs incrustés à même le mur et ornés de coussins qui ne demandaient qu'à nous recevoir. Une première étape s'imposait.

- Ok, a fait Vera en premier : qu'est-ce qui se passe ?

- Je ne sais pas, ai-je admis.

- C'est sympa, d'avoir le musée pour soi, a fait remarquer Patty.

- Où est Miss Kensington ? a demandé Chuck.

J'ai secoué la tête pour me remettre les idées en place.

- Bon, à ce stade, on ne peut encore rien dire. Apparemment, leur chef n'est pas là. C'est sans doute lui qui est en possession de Miss Kensington.

- Miss Kensington ? s'est étonné Patty.

- Ah oui, je t'ai pas expliqué tout en détail. Le... magnétophone, il s'appelle Miss Kensington.

- Mmm, d'accord.

Vera a suggéré :

- Il faut leur soutirer quelques informations. Je vais y aller, qui ne risque rien n'a rien.

- Je t'accompagne, alors, a fait Patty.

Vera était trop étonnée pour s'y opposer. Elles se sont donc éloignées toutes les deux.

Chuck s'est rapproché de moi, et m'a demandé :

- Dave, mon vieux ?

- Oui ?

- Qu'est-ce qui se passe, au juste ?

- Je te l'ai dit, je n'en sais rien. Ils doivent...

- Non, je ne te parle pas de ça. Je parle de Patty et Vera.

- Ah ! Ça...

- Ou de Patty et toi. Ou de Vera et toi. On ne sait plus trop.

- Tu es sûr que c'est le moment d'en parler ?

- J'en sais rien. Mais il faudra qu'on en parle quand même, à un moment.

J'ai soupiré.

- Tu as raison, Chuck. Mais crois-moi, là, ce n'est pas une bonne idée.

- C'est bien possible. Allez, ça peut bien attendre encore un peu.

On était tellement bien, affalés sur ces coussins ! Tellement bien qu'on était à moitié endormis quand Vera et Patty sont revenues.

- Alors ? j'ai demandé.

- On n'en a pas appris beaucoup plus, a admis Vera. Il doit se passer quelque chose d'ici dix minutes, à l'étage. La fameuse cérémonie. Ils attendent le fameux Andrew. Apparemment, c'est quelque chose d'unique.

Patty a ajouté :

- Ils ont quand même mentionné que quelque chose était « en parfait état ». On n'a pas trop su quoi.

- S'ils parlent du magnétophone, il l'était il y a trois jours, en tous les cas, ai-je confirmé. Ça me semble coller. On doit bien parler de la même chose.

Vera a eu son air méfiant :

- Pardon ? Pourquoi on ne parlerait pas de la même chose ?

- C'est que j'ai un doute, tout à coup.

On a entendu un brouhaha venant de l'entrée. Un homme barbu et élégant est arrivé, un parapluie à la main, et quelque chose de plat et carré sous le bras, soigneusement emballé dans une toile imperméable. À la tête des gens qui l'ont accueilli, c'était le fameux Andrew.

Kim, notre hôtesse, s'est approchée de nous :

- Les enfants, ça va commencer. Dites, vos parents savent que vous êtes là, au moins ?

- On nous pose souvent cette question, depuis quelques jours, a lancé Vera. La réponse est non.

Kim n'a affiché aucune réaction.

- Dans ce cas, on ne vous gardera pas trop longtemps. Venez.

On a suivi Kim et tout le petit groupe jusqu'à un escalier en bois sombre. Sur notre droite, fièrement planté, il y avait un paon empaillé, dont le plumage ajoutait encore à la beauté et au mystère du lieu. La salle supérieure était dans un style un peu plus sobre : des bibliothèques, des canapés et, bien entendu, des tableaux victoriens. Car c'était bien pour les exhiber que ce musée existait, en premier lieu.

- Mettez-vous à l'aise ! a fait le barbu. Vous pouvez vous asseoir par terre, on a le droit d'utiliser les coussins.

Le petit groupe, désormais composé, sans nous compter, d'une dizaine de personnes, a obtempéré. Le barbu, qui ne nous avait pas encore remarqués, a sursauté :

- Tiens ? Mais nous avons de très jeunes visiteurs !

- Ils connaissaient le mot de passe ! a précisé l'aimable Kim.

- Tiens donc. Vous fréquentez le forum, c'est ça ?

J'ai balbutié :

- O... oui.

- Ça alors ! Le fait est qu'on ne sait jamais qui se cache derrière un pseudonyme, sur Internet. Vous êtes des lycéens ? Non, des collégiens plutôt ? La jeune fille brune a l'air plus âgée...

- Non, a annoncé Patty fièrement. Enfin, à peine. Je suis au collège aussi.

- Bien, bien. En tous les cas, heureux de vous accueillir. Ça fait toujours plaisir, les jeunes amateurs de bonne musique !

Je ne savais pas encore pourquoi, mais j'avais la conviction de plus en plus marquée que quand tout cela allait être fini, j'allais me sentir plus stupide que jamais.

- Andrew ! a lancé quelqu'un dans l'assistance. Ne nous fais pas attendre ! On veut voir ! Enfin, entendre !

Le barbu - Andrew, donc - a souri.

- Patience, Owen. Nous y sommes presque. Un petit mot, quand même, avant de commencer. Nous sommes réunis ici pour une occasion exceptionnelle. Certains l'attendent depuis des années. D'autres n'osaient même plus en rêver.

Je sentais la tension monter.

Andrew s'est saisi de l'objet avec lequel il était arrivé, et l'a déballé sous nos yeux.

- Mesdames, Messieurs, a-t-il annoncé, je vous présente la huitième merveille du monde.

Pour Vera, Chuck et moi, c'était la pire impression de déjà-vu de toute notre vie.

CHAPITRE XIV

Je pourrais écrire que je me sentais stupide.

Toutefois, en le faisant, je serais très, très loin du compte.

Je m'attendais à ce qu'Andrew soulève un drap, et dévoile le Studer J37; je m'attendais à ce que toute l'assemblée se prosterne devant en psalmodiant quelque chose comme « Gloire à toi, Ô maître adoré! ».

Le souci, c'est qu'il n'y avait pas la moindre trace du Studer J37. Ce que tenait Andrew dans sa main, c'était un disque. Un simple disque vinyle 33T.

Vera m'a jeté un coup d'œil paniqué. Chuck avait la bouche ouverte. Patty, elle, semblait plutôt apprécier le moment. C'était déjà ça.

- Que je vous explique comment cela s'est passé, a commencé Andrew. Il y a quelques semaines, un

Studer J37 a été mis aux enchères. J'ai fait ma petite enquête, et j'ai fini par découvrir que c'était le Studer J37 que la presse avait surnommé Miss Kensington, pour les raisons que vous savez.

Bon, peut-être ne s'était-on pas *totalement* trompés, après tout. Andrew a poursuivi :

- Évidemment, je n'avais nulle intention d'acquérir le magnétophone. D'ailleurs, je n'aurais pas pu : il coûtait plus cher qu'une voiture neuve. Mais je me suis rendu à la vente aux enchères, parce que j'avais un pressentiment. Et ce pressentiment s'est vérifié. Juste après que le magnétophone a été acheté par Thomas Fitzgerald, le jeune chanteur des Blackboard Circles, le commissaire-priseur a mis aux enchères une bande magnétique. J'étais à peu près sûr que c'était celle que nous espérions tous retrouver un jour.

On s'approchait de la révélation finale.

- Je l'ai portée chez un ami, qui avait de quoi l'écouter. Et c'était bien ça. Cette bande, c'est le bout d'album que Neil Stewart n'a jamais terminé. Celui que l'on croyait perdu à jamais. Mes amis, cette bande contient trois chansons inédites de Neil Stewart. Ce sont celles-ci qu'il enregistrait le jour où il est mort. Il n'y a que la voix et la guitare, mais... c'est déjà beaucoup pour les fans que nous sommes !

J'avais envie de disparaître dans un trou de souris.

- J'ai demandé à un ami s'il pouvait me faire graver les morceaux sur un disque vinyle. Cela a pris un peu de temps, mais je l'ai enfin reçu hier ! Il n'y a qu'un exemplaire. Et nous allons pouvoir l'écouter ensemble. Enfin.

Quelqu'un s'est exprimé dans l'assistance :

- Comment ça se fait que la bande avait disparu, Andrew ?

- Oh, ce n'est pas compliqué. Elle était tout simplement demeurée sur le magnétophone pendant longtemps. Comme Neil Stewart est mort en se cognant la tête dessus, l'ensemble a été saisi par la police... et après, la machine a été mise au débarras, avec la bande toujours dessus. Une histoire idiote, tout simplement. Heureusement qu'avant la vente aux enchères, quelqu'un a pris soin de séparer les deux !

Andrew a débouché une bouteille d'eau minérale, avant de dire :

- Bref, le moment est venu. Comme tous les deuxièmes mercredis de chaque mois, le seul fan-club homologué de Neil Stewart est réuni... mais cette fois, tous ensemble, nous allons assister à une véritable renaissance. Neil Stewart devait être loin d'imaginer que l'année de ses 73 ans, on découvrirait ces morceaux inédits. C'est bien pour cela que je parlais de renaissance dans mon message. C'en est une. John, tu as le pick-up ?

L'un des participants les plus jeunes a hoché la tête, et a ouvert une caisse qui abritait un petit système de platine et d'enceintes, comme il y en avait dans le passé. Andrew a cérémonieusement placé le disque sur le plateau.

Vera, sans même se tourner vers moi, a dit :

- Le fan-club officiel de Neil Stewart. Trois chansons inédites. Dave...

- Quoi ?

- *Comment* on a pu croire qu'il s'agissait d'autre chose ? Comment on a pu se monter la tête à ce point ?

Patty, conciliante, s'est penchée vers nous :

- C'est pas grave, non ? Ils sont sympas, tous ces gens !

Chuck, lui, semblait encore plus ébranlé que moi. Il s'est rapproché de son voisin immédiat, à qui il a demandé :

- Excusez-moi, Monsieur.

- William.

- Ah, euh... Moi, c'est Chuck. William, vous pensez quoi de la légende ?

- Quelle légende ? Ah ! Celle selon laquelle l'esprit de Neil Stewart se trouverait enfermé dans un quatre pistes ?

- Voilà, c'est ça.

William a éclaté de rire, et a passé une main dans les cheveux de Chuck pour l'ébouriffer. Enfin : l'ébouriffer plus que d'habitude, quoi.

- Ah ah, mon garçon. À ton âge, tu ne devrais déjà plus croire à ces âneries ! C'est les fans de Neil Stewart, ici ! Pas de Dracula !

- Mais il y a un site qui...

- Oh, je vois de quoi tu parles, mais on n'a rien à voir avec. Le type qui fait ce site est un fou. Il a juste mis un lien vers notre forum, c'est tout, parce qu'il est obsédé par Neil Stewart. Mais il ne veut pas se mélanger à nous parce qu'il pense qu'on est aveuglés et qu'on ne veut pas comprendre ses théories ! On ne mange pas de ce pain-là.

Cette fois, les choses étaient claires : le message sur le forum était ironique, et jouait avec humour sur la légende autour du magnétophone. Le président du fan-club d'un musicien mort - bêtement - il y a presque cinquante ans avait tout simplement l'occasion de réunir ses membres dans un lieu magique. C'était tout. Il n'y avait ni démon, ni cérémonie satanique, ni esprit captif.

Andrew a fait faire le silence. Depuis la platine s'est alors élevé le son aigrelet d'un enregistrement pas très peaufiné. Pendant une dizaine de minutes, tout le monde a été en transe. À part moi, je pense, car plus le temps passait, plus je m'étranglais de honte.

Finalement, quand l'écoute s'est achevée, il y a eu un moment de silence, puis immédiatement après, un tonnerre de cris et d'applaudissements. Les membres du fan-club pleuraient à moitié, se serraient dans les bras les uns des autres. Vera s'est levée, et les poings sur les hanches, souriant de toutes ses dents, elle m'a dit :

- Franchement, bien joué, Dave. C'était génial ! Tu es définitivement le plus grand détective du monde !

Chuck est venu à mon secours.

- Sois pas trop dure avec lui. On était tous d'accord. On y croyait tous un peu.

Vera a levé les yeux, puis a admis :

- C'est vrai. On a juste été dingues d'y accorder le moindre crédit.

- On n'a jamais cru qu'il y avait *vraiment* un magnétophone hanté ! j'ai protesté.

- Non, mais on a vraiment cru qu'il y avait une secte d'adorateurs de cette machine, prêts à la voler à la police pour accomplir on ne sait trop quelle prophétie. C'était pas mal non plus.

Patty, toute souriante, s'en est mêlée :

- En tous les cas, je me suis amusée comme une petite folle. Quelle ambiance, non ? C'était super.

- Si ça t'a plu... ai-je fait d'un ton las.

On n'est pas repartis tout de suite. D'abord, parce qu'il pleuvait, et ensuite parce que maintenant que la tension était retombée, tous les membres du club voulaient savoir un peu mieux qui on était. On n'a évidemment pas dit toute la vérité. On a même un peu menti, en disant qu'on adorait Neil Stewart - que l'on n'avait jamais vraiment écouté avant. Kim, la gentille hôtesse, nous a un peu sermonnés en nous rendant nos vestes :

- Les enfants, vous savez que vous ne devriez jamais recommencer ce que vous avez fait. Vous vous êtes rendus à une réunion tenue par des inconnus adultes dans un lieu mystérieux. Sans savoir où vous mettiez les pieds, si j'ai bien compris. Oh, pas la peine de faire cette tête par en dessous ! Faites bien attention. Sur Internet, il y a de belles rencontres comme aujourd'hui... et aussi beaucoup de choses dont il faut se méfier. Vous êtes les bienvenus si vous voulez revenir, mais jurez-moi que vous ne vous jetterez plus jamais tête la première dans des invitations lancées comme ça, sur des forums, Facebook ou que sais-je !

On lui a promis, et elle a eu l'air un peu rassurée. On a salué tout le monde, et on est repartis.

Une fois dans la rue, il y a eu quelques mètres gênants. Et puis, sans qu'on sache trop pourquoi, tout le monde a éclaté de rire de bon cœur. Vera n'en pouvait plus, et avait trouvé refuge dans les bras de Patty. Chuck se gondolait tellement qu'on aurait dit une espèce de grande tige de tournesol prise dans une tempête. Et moi, je ne voyais plus rien tellement j'avais de larmes devant les yeux. Notre crise de rire a duré cinq minutes, et on s'est tous dirigés bras dessus, bras dessous vers la bouche de métro. Pourtant, il y avait quand même quelque chose qui n'était pas résolu : la double disparition du Studer J37. Il n'était pas là ce soir... et son deuxième vol demeurait mystérieux. Toujours dans l'euphorie de l'instant, j'ai donc annoncé :

- Je vais très solennellement appeler Thomas pour le prévenir de notre échec !

Patty était très impressionnée.

- Tu vas appeler Thomas Fitzgerald ? Là, comme ça ?

- Eh ouais, comme ça ! ai-je dit en fanfaronnant.

- Waouw.

J'ai composé le numéro de Thomas. Cela a sonné dans le vide pendant un moment, et je pensais qu'il n'allait pas décrocher. Puis, j'ai entendu sa voix qui disait :

- Allô ? Dave ? Tout va bien ?

- Thomas ! Et toi ?

- Oui. Je suis un peu occupé, là. Qu'est-ce que tu veux ?

- Je voulais euh... je voulais te dire qu'on a fait tout ce qu'on a pu. Promis. Mais on n'a pas réussi à retrouver ton magnétophone.

Il y a eu un blanc, puis :

- Dave... de quoi tu parles ?

- Mais enfin, Thomas ! Du Studer J37 ! De Miss Kensington ! On pensait avoir une piste, mais...

Il m'a interrompu :

- Dave... Je suis à côté du Studer J37 en ce moment même.

Il m'a fallu un petit moment pour digérer cette information.

- Quoi ? Thomas ? Tu dis...

- ... je l'ai récupéré hier.

- Mais comment ?

- Il y a eu un petit cafouillage, dimanche dernier. Une équipe de la police l'a embarqué dans un fourgon sans l'aval de l'inspecteur. Tu sais, pendant qu'on parlait ? Ça s'agitait tellement dans tous les sens que deux agents ont cru gagner du temps. Sauf qu'ils l'ont fait de leur propre initiative, et pendant un petit instant, on n'a plus su où était le magnétophone. Les deux inspecteurs n'avaient pas été mis au courant. C'est fou, non ?

- Tu veux dire... qu'il n'a jamais disparu ?

- Ben, si, une fois. Pas deux. La deuxième fois, il était sous notre nez.

- Thomas, désolé de t'embêter, mais... tu as su ça quand ?

- Oh, le soir même ! Mais comme vous aviez cours cette semaine, j'ai pas voulu vous déranger. Je comptais vous faire la surprise.

- Ah, m... merci.

- Je dois filer, Dave. Tu embrasses Vera et Chuck.

- Parfait. Bye.

J'ai raccroché, et suis resté les bras ballants. Comme j'avais mis le haut-parleur, tout le monde avait pu profiter de la conversation.

- Alors, c'est comme ça, hein ? a dit Chuck.

- Comme ça que quoi ? j'ai demandé.

- Comme ça que naissent les rumeurs. Les légendes. Tout ce qu'on veut. Une petite erreur, une imprécision, et regarde comme les imaginations s'enflamment. C'est fou, pas vrai ?

J'ai acquiescé :

- Quand je vois comment on réagit nous, alors qu'on a la tête sur les épaules, a priori, je ne me demande même plus pourquoi les gens pensent qu'on est dirigés par des lézards.

- Des lézards ? a demandé Patty.

- Je t'expliquerai.

On est retournés au métro en discutant. Moi, avec Chuck. Vera, avec Patty. Il avait cessé de pleuvoir, et la fraîcheur du moment n'était pas désagréable. Il allait faire beau, demain. J'en étais sûr.

ÉPILOGUE

- Alors ? a fait mon père en nouant sa cravate.

J'ai avalé une gorgée de jus d'orange, et j'ai répondu :

- Oh, ça s'est bien passé.

Il m'a jeté un clin d'œil, et à voix basse - ma mère rôdait dans les parages - il m'a demandé :

- Tu avais vu juste, pour Patty, alors ?

- Je ne sais pas, *dad*. Et j'ai envie de te dire que ça ne te regarde pas.

Loin d'être vexé, mon père a récupéré sa tasse de café.

- Pas de souci, fiston. C'est tes problèmes, en effet. Mais tu sais quoi ?

- Non ?

- Tu as l'air mieux, ce matin.

- J'ai l'air mieux ?

– Oui. Moins soucieux. Je suis sûr que tout est plus clair, dans ta tête.

Je n'avais pas tellement eu le temps d'y penser. Mais il avait peut-être bien raison : je ne sentais plus cet espèce de bourdonnement qui me rendait dingue vingt-quatre heures plus tôt. Pourquoi, au juste ? Parce que vu comme ça, depuis la table du petit-déjeuner, je n'étais pas bien certain d'avoir fait le moindre choix. Mais accepter de ne pas en faire, c'était peut-être bien ce qui m'avait soulagé.

– Je t'accompagne, Dave ?

– Non, ça va, j'irai tout seul. Ça me fera du bien de marcher.

– Comme tu veux, alors. À ce soir ! On se prendra une bière entre hommes. Ah non, c'est vrai, tu n'as pas l'âge.

– On se fera ça dans cinq ans, *dad*.

– Ok. D'ici là, je prendrai un peu d'avance.

Il est parti précipitamment, en claquant la porte. J'ai regardé l'heure : il était encore assez tôt. J'ai fini de me préparer tranquillement, et puis je suis sorti.

Au bout de quelques pas, je suis tombé sur Chuck. Il promenait cette brave Moon avant de prendre le chemin de l'école.

- Hey, cousin ! Ça va ?

- Yep, Chuck. Pas trop fatigué ? Salut Moon !

- Tu as l'air en forme, dis-moi !

- Ah ? Ça doit être vrai, tu es la deuxième personne à me le dire.

Chuck, gêné, m'a alors dit :

- Dis-moi...

Je redoutais cette discussion par avance.

- Chuck, je t'écoute ?

- Tu crois que j'ai une chance, avec Vera ?

Je n'ai rien répondu.

- Ces derniers temps, j'ai l'impression qu'elle me bat un peu froid. Qu'elle cherche à être plus proche de toi. Tu n'as pas remarqué ?

- Peut-être.

- Je t'en veux pas, hein, c'est comme ça. Mais bon...

- Tu sais, Chuck, ça peut faire partie d'une stratégie.

Moon a gémi : j'aurais fait pareil à sa place.

- Une stratégie ?

- Oui, elle fait semblant d'être proche de moi, d'être jalouse de Patty... pour te pousser à faire quelque chose. À lui dire que tu l'aimes.

Pauvre Chuck : de bon matin, c'était dur, de lui annoncer ça.

- Tu crois ?

- Je ne sais pas. C'est possible.

J'ai senti que Chuck cogitait à cent à l'heure. Puis, il m'a répondu :

- Tu sais quoi ? Je m'en fiche. On verra bien ce qui se passe. D'accord ?

- C'est exactement ce que je me disais ce matin, Chuck.

Moon a tiré sur sa laisse.

- Bon, faut que je me dépêche, sinon je vais être en retard. Encore plus en retard que d'habitude. À toute, Dave !

- À toute.

Tout en marchant vers le collège, je me suis demandé quelle leçon je pouvais tirer de toutes ces péripéties. Et je me suis rendu compte de cette chose toute bête : je ne pensais pratiquement plus au Studer J37 ; je ne pensais plus aux malédictions, aux légendes urbaines ; je ne pensais même plus tellement à Thomas. Je pensais surtout au moment où j'allais pouvoir être à nouveau en compagnie de Vera, Chuck et Patty.

Et c'était la perspective de les retrouver, tous les trois, qui me rendait si léger ce matin-là. Comment disaient les Beatles, déjà ? Ah oui :

I get by with a little help from my friends
I get high with a little help from my friends

Sauf que les Fab Four, aujourd'hui, c'était nous...

Éric Senabre

Né en 1973, Éric Senabre est journaliste et auteur de romans (trilogie *Sublutetia*, *Elyssa de Carthage*) et d'albums jeunesse. Passionné de cinéma et de culture anglo-saxonne, il adore prendre l'Angleterre comme cadre de ses récits.

Éric s'intéresse à tout. Il dévore les comics et les aventures de Sherlock Holmes. Il est incollable sur les Beatles et le rock anglais.

Enjoy Piccadilly Kids and stay calm !

Joëlle Passeron

Joëlle Passeron est née en 1971. Après des études à l'École Estienne dont elle sort diplômée en 1994, elle devient illustratrice pour la jeunesse.
Elle a illustré une myriade de romans, de BD et de livres scolaires pour Nathan, Hatier, Milan, Gallimard, BD Kids. Joëlle illustre aussi pour la presse (*L'Obs*, *Biba*) avec un style bien à elle qui fait la joie des petits et grands.

Londres, Secrets & *Rock Stars*

PICCADILLY KIDS (TOME 1)
LONDRES, SECRETS & ROCK STARS

la première aventure de Chuck, Dave et Vera

À la fin de l'année, grande est la tentation de faire l'école buissonnière. À plus forte raison pour Chuck, Dave et Vera, trois jeunes Londoniens qui ont trouvé le moyen d'assister en douce aux répétitions de leur groupe de rock préféré, quelques heures avant ce qui s'annonce comme le concert du siècle. Mais quand les trois enfants se retrouvent nez à nez avec le chanteur Thomas, leur idole apparemment en fuite, la journée prend un tour inattendu. Quel secret cache donc la star pour prendre ainsi la poudre d'escampette en un jour si important ? Pour résoudre cette énigme, les Piccadilly Kids devront parcourir Londres de long en large, avec bien des surprises à la clé.

Collection MELO*teens*

À DÉCOUVRIR

dans la collection **MELOkids** pour les 7-9 ans

VERSION FRANÇAISE

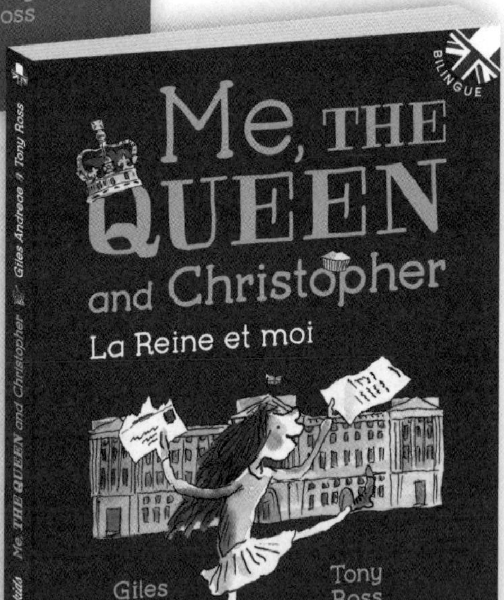

VERSION BILINGUE

LA REINE D'ANGLETERRE
COMME VOUS NE L'AVEZ JAMAIS VUE !

Flora est la fille la plus chanceuse du monde.
Elle a été invitée à prendre le thé AVEC LA REINE !
Mais oubliez tout ce que vous pouvez imaginer : cette aventure nous emmène loin des majordomes et des plateaux d'argent...
Vous découvrirez l'envers du décor de Buckingham Palace dans ce livre drôle et émouvant écrit par Giles Andreae et illustré par Tony Ross.

À DÉCOUVRIR

dans la collection **MELO*kids*** pour les 7-9 ans

MYSTÈRES DANS LES HIGHLANDS : UNE TRILOGIE PALPITANTE !

PREMIERS FRISSONS EN ÉCOSSE (T.1)

C'est le grand départ pour la classe de CM1de Monsieur Moury ! Direction l'Écosse et ses brumeux paysages, son atmosphère chargée de mystères et ses drôles de coutumes ! Entre la visite d'un château hanté, la découverte d'une gastronomie quelque peu surprenante et la cavale d'une inquiétante bande de voleurs de bijoux, Amytis, Romain, Hugo et leurs copains ne devraient pas oublier leur voyage de sitôt...

LES SECRETS DU CHÂTEAU DE GLAMIS (T.2)

L'aventure continue pour Alex Moury et sa classe de CM1 ! Après un passage dans la belle cité écossaise d'Édimbourg, Amytis, Romain, Hugo et leurs amis arrivent au mystérieux château de Glamis. Entre les étranges gémissements qui s'échappent des murs et les apparitions de lugubres fantômes, les enfants vont connaître les plus belles frayeurs de leur vie...

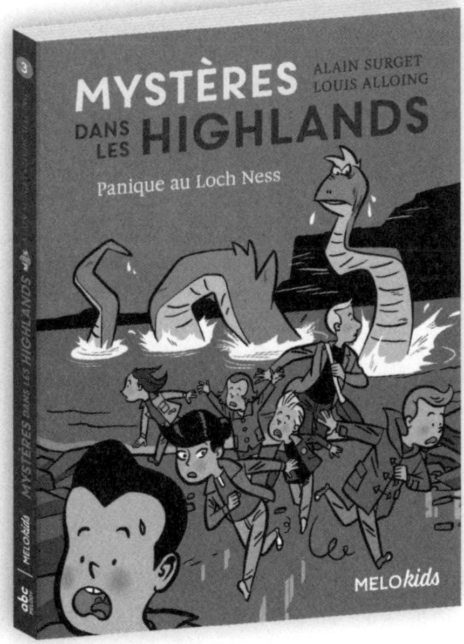

PANIQUE AU LOCH NESS (T.3)

Après un terrifiant passage au château de Glamis, la classe de Monsieur Moury poursuit son périple et s'enfonce dans les Hautes Terres écossaises. D'inquiétantes créatures, telles que les Bonnets Rouges ou Nessie, s'immiscent dans le voyage, et le mystère s'épaissit autour de cet intrigant vol de bijoux... Amytis, Romain et Hugo parviendront-ils à résoudre l'enquête ?

PARUTION : MAI 2016

ISBN : 978-2-36836-080-4
Édité par ABC MELODY Éditions
www.abcmelody.com

Imprimé en Pologne
Dépôt légal : janvier 2016
Loi n° 49-956 du 16 juillet 1949 sur les publications destinées à la jeunesse.
Direction artistique : Stéphane Husar
Coordination éditoriale : Delphine Wojciek
Conception graphique et mise en pages : Alice Nussbaum